多少人，

屡屡重复着前人甚至自己过去的错误。

人世间，

如果真有『后悔药』，那该多好！

为着这个念想，

我试图梳理一份『人生指南』，

或者叫作『明规则』。

经年研磨，终于——

有了这101粒『后悔药』！

——陈相飞

知 道 了

后悔药 101 粒

ZHIDAOLE

陈相飞／著

百花洲文艺出版社

BAIHUAZHOU LITERATURE AND ART PRESS

图书在版编目（CIP）数据

知道了 / 陈相飞著. -- 南昌：百花洲文艺出版社,2021.11
ISBN 978-7-5500-4455-5

Ⅰ.①知… Ⅱ.①陈… Ⅲ.①散文集 – 中国 – 当代
Ⅳ.①I267

中国版本图书馆CIP数据核字(2021)第219996号

知道了

陈相飞　著

出 版 人	章华荣
责任编辑	蔡央扬　郝玮刚
书籍设计	彭　威
制　　作	何　丹
出版发行	百花洲文艺出版社
社　　址	南昌市红谷滩区世贸路898号博能中心一期A座20楼
邮　　编	330038
经　　销	全国新华书店
印　　刷	苏州彩易达包装制品有限公司
开　　本	850mm×1168mm 1/32　　印张 8.5
版　　次	2022年1月第1版第1次印刷
字　　数	170千字
书　　号	ISBN 978-7-5500-4455-5
定　　价	48.00元

赣版权登字　05-2021-396

邮购联系　0791-86895108
网　　址　http://www.bhzwy.com
图书若有印装错误，影响阅读，可向承印厂联系调换。

序

谈谈《知道了》

好读书，遣闲而已，不求甚解。然而，手头这本书名颇奇而引人注意的《知道了》，却每每引发思考。想了又想，不禁喟然而叹：太迟了！倘若早若干年见此书，将可能是另一样较精彩丰富的人生。

早些年流传一些说法，很时髦很酷，比如，"世界这么大，我想去看看""走自己的路，让别人说去吧"，豪情满怀，颇为动人。不过，世界这么大，五光十色，路又这么多，四通八达，看什么？如何走？遇到疑惑和困难时又将如何？其实，所谓"看"或"走"，原就是生活的本身。

诚如著者相飞先生句，"静定心，心明理，理体仁"，有着特殊的人生履历和际遇，相飞先生于经年"看"与"走"的历练中，精微细密思考，日积月累记录系列篇章，汇集成这册充满人生哲理的《知道了》。这些过来人的深切体悟、经验之谈，弥足珍贵。借用武侠小说常用语，或可以"秘籍""宝典"视之。

书中所谈，大多为职场人士在工作和生活中必然遭遇或偶遇的一些问题。作者根据自身的经历与感悟，从存身立志的基本理念到日常处事待人，几乎都指出了处理的观念原则与方式。涉及面广，挖掘也深，具有普遍的适用性。他山之石可以攻玉。这些随感，于现实生活中所谓白领、精英，乃至成功人士，甚至初出校门目光迷离的"寻路者"，都有实际的启迪和借鉴意义。

《知道了》阐述的一些理念，未得其中深味是道不出的。比如《谈熬炼》《谈争让》《谈慎密》诸篇，皆精到而深刻，读后不跟着作者的文字想想都不行。不信？你仔细读读看，必定欲罢不能。

人生如登山，俗言"人往高处走"嘛。孔子讲："吾十有五而志于学，三十而立，四十而不惑，五十而知天命，六十而耳顺，七十而从心所欲。"按照古人的观点，十五岁该是起点吧。现代所谓人生起跑线，已是大大地提前再提前了。起跑时，大都意气风发，雄赳赳气昂昂，立志立愿勇攀高峰、高歌猛进，一路上繁花似锦、风物宜人。及至半途，则渐渐人影稀疏、境况凄迷了。此时仍矢志不渝负重奋进的人，最想寻觅的就是前行者的足迹。这册《知道了》，正是登山程途的指向标。

登山的人，待得一路艰辛登上山顶陡见天阔地远，不免志得意满，大有"一览众山小，绝顶我为峰"之慨，由此披风狂呼，一舒久蓄之浩然气。不过且慢，也许所登之山只是平原小包土丘，或丘陵的奇峰。如果去祁连、昆仑、喜马拉雅等地登山，又会是怎样的景象呢？我今已八十五岁，早年有幸爬过这些高山，虽几近丧生，却由此有了一些切身感受。此生奇诡，而今回望，真可谓侥幸之至难以言之。

真正的登山，绝不是画片上一线斜坡的漫步而行，也难如攀岩般一鼓作气。那将是弓着腰、屈着膝、喘着气，举步维艰真正的负重前行。曲曲折折，"既窈窕以寻壑，亦崎岖而经丘"，屡经悬崖绝壁深沟断涧，时见熊踪狼影惕然惊心。几度危命备尝艰辛，终于筋疲力尽挨上山顶，只见又是一座奇峰突兀在面前！纵目而观，远处近处，前后左右，一层层一重重，如海浪般绵延无尽，都是山峰！

眼前一片苍茫，心中一阵迷茫，长吁一口气，惶惶惑惑颓然而默语：到底上来了，终于知道——了。

杨荣华

庚子夏于扬州

（杨荣华，南京人，祖籍皖，家扬州，自号"舞林外客"，现年85岁。）

自序

何以"知道了"

这本集子，写了不下20年，10年前曾自行刊印过其中的45则，时名《政余随谈》。一直试图如愿丰润，久拖未决。并非"十年磨一剑"，也无关乎"慢工出细活"。坦率地讲，10年来，一直公务烦冗。这原本就是"以文资政，政暇弄文"之作，自然只宜抽暇而为。加之生性疏懒，说得冠冕堂皇一些，则是着眼于慢慢活、避免透支过甚，于是，主观上也宽容了自己的拖沓。

庚子新春，新冠疫情突如其来，宅居时间多了些，遂下定决心拨冗打理。"五一"假期集中攻关，终于分门别类、集结成册。此后断断续续，偶尔修订，至岁末方才定稿。从夏到冬，从暑到寒，不觉又是一年，真是"逝者如斯夫"！

集子名叫《知道了》。"知道了"是生活中常常不经意间甩出的大白话，古今中外，从三岁孩童到耄耋老人，概莫能外。人们常说"是真佛只说家常话"，其实，家常话看似家常、未必寻常，只是熟视无睹罢了。这正如萝卜生姜，都是家常菜，也不见得有多昂贵，但"冬吃萝卜夏吃姜"，对健康的好处早已固化为民谚。家常话质朴无华，却每每蕴含着深刻的道理。"知道了"便是这么一句老少咸宜的家常话。倘使有人问你"知否知否",回应"知道了"——浅层次的场合，是你了解了某个真相；更深的层次，"道可道，非常道"，这个"道"，可以是天道、地道、人道……一切内在规律都是"道"，回应"知道了"，那就不是一桩平常的事儿了。正当梳理集子的当儿，有文化学者得知此名，称"知道了"三字分别对应"儒道释"。歪打正着，如此甚好！中华文化海纳百川、兼收并蓄，汲取百家营养，一向是我的追求。

草生一秋、人生一世，一个人能在世间行走，弥足珍贵，也不容易。活着的价值在哪里？应该怎样活着？自古以来，就有许许多多活得较真的人执着追寻。有人把这个命题概括为"人生三问"："你是谁？你从哪里来？要到哪里去？"这"三问"很哲学，哲学到"灵魂拷问"的程度；也很世俗，世俗到"保安三问"的直白。不是吗？此次百年未有之疫情中，进单位、入小区，无论是谁，每至大门入口处，都时常与保安大叔警惕的眼神遥相对光。

很多年前读一本闲书，书壳子上藏着一句话："不做无聊之事，何以遣有涯之生？"这话很有禅意，深深地扎根心底。无聊之余，我偶尔思考"人生三问"。感谢生我、养我、惠我、助我等有幸相遇相识相知的人们，他们为我增添了人生的使命感。尤其是特殊的人生履历，使我有幸近距离接触诸多有故事、有内涵的人，得以经常性地从他们身上汲取智慧、获得启迪。在不同的人生路段，生活着，思考着，也就成了我的人生状态。曾自号"行走中的思索者"，也刻有一枚闲章"在思想里飞翔"，思考，成为我的人生标识与"护身符"。多年来，秉持"平和做人、积极处事、轻松生活"理念，坚持"用文字梳理思想，用思想澄澈灵魂，用灵魂浸润文字"，将所见所闻所为所思形诸文字，力求借梳理文字使自己的见解更深刻、思想更通透、心境更平和。

水到渠成，颗粒归仓，这就是本书的"今生"。这些点点滴滴的人生随感，梳理于不同时段，集多年习得与体悟。三字以蔽之，即是"静、德、通"。素以为：人应该有静气，静能定心，静能止躁，静能生慧；人应该有德，以德润身，以德济人，以德成事。静而有德，则可以通，通彻生命要义，通明待人至理，通达行事大道，通晓世间规律。烦冗之余，坚持静悟人生之理，静学事功之途，静修作为之能，静养怡神之气，由此形成的101则随感，相应分作修己、达人、事功、明理4个板块，基本体现了自己所谓"常虑修身之短观己则积极进取，常怀感恩之心待人则心气和平，常思岗位之责行事则能有所为"的座右铭。

作者只管书的"今生"，它的"后世"悉于读者而定。

就自己的意愿，人生苦短，当然期盼所有的人都能尽早明白一些基本的道理，从而少走一些弯路；大而言之，则是冀望于当下端正社会心态，重塑人文秩序有所裨益。唐人杜牧感叹，"秦人不暇自哀而后人哀之，后人哀之而不鉴之，亦使后人复哀后人也"，每一次细细咀嚼，总是倍感苍凉！好在，观今鉴古者大有人在，这便是人类文明不断前行的密码所系；好在，一代代的行者，总有人"述而又作"，将人生感悟刊刻成书，让别的行路人得以借光。

　　我深知，跟人讲道理是一件痛苦的事，如果彼此不在同一个频道，苦口婆心，往往是"鸡跟鸭讲"，对方未必听得进，甚而滋生逆反心理。吃力不讨好，这是令人惆怅的。因而，我并不奢望这个集子的影响力，但所有的思考，我都是认真的，很多也是长期思索的产物。就写作风格而言，自己素来崇尚大道至简，主张行短文，对微言大义式的春秋笔法，"虽不能至，心向往之"。

　　是以为序。

辛丑初春于江南宋城

目录

修己·悟生命要义

生如春花。一个人就是一朵花，此生是否绽放？为谁绽放？如何绽放？古人倡导「修身齐家治国平天下」的人生理想，修身是基础。坚强、自信、操守……都是人格修为不可或缺的要素。

【阳明四教】

无善无恶心之体，
有善有恶意之动，
知善知恶是良知，
为善去恶是格物。

谈人生

人生的意义不在于享受，而在于付出、在于奋斗、在于创造。因为——无论生命有多长，享受都是短暂的，生命终

> 人生最终的价值在于觉醒和思考的能力，而不只在于生存。
>
> ——[古希腊]亚里士多德（公元前384—公元前322）

结，享受也将画上句号；唯有付出、奋斗和创造，才有可能长留人间，即便你只是点燃了一束火苗，也会在薪火相传中成为一支流动的火把。这是从人生的高线来说的。

就底线来讲，人生是什么？人生就是交代。人生的过程，人生的意义，活着的必要性，全在于"交代"二字。从某个角度说，每一个人都是为别人而活着。感恩也罢，还债也罢，负责也罢，说到底，其实都是交代。

假如我们不曾来到这个世上，我们谁也不欠，也用不着向谁交代。然而——父母给了我们生命，并把我们拉扯大，于是有了养育之恩，我们应该对父母做个交代；老师给我们传道授业解惑，教会我们生活的技能，我们应该报答培育之恩，对老师做个交代；亲友给我们诸多帮助，让我们渡过一个个难关，我们应该报答相助之

恩，对亲友做个交代……

吃财政饭的应该对纳税人有个交代，居庙堂之高应该对人民有个交代，员工应该对岗位有个交代，老板应该对员工有个交代……于是，滚雪球般的交代，丰满着人生的内涵。

推而广之，我们应该对遇见的每一棵树每一株草做一个交代；大而言之，我们应该对国家和民族做一个交代。因为前者给了我们愉悦或者营养，后者则是我们赖以安居的强大后盾。

人活着的理由，说起来就这么简单：生命中需要交代的太多太多，而越是成长，需要交代的也就越多。也正是这些"交代"，扩张了人生的意义。因为，一个人如果只是为自己而活，是很难活出多大意思的。随着生命的没落，甚至会叹息镜花水月终究一场空。而通过一个个的交代，把生命个体融入群体之中，用自身人性的光辉烛照他人，人生则将大大增值。

谈生命

我感觉，如果不附加条件，贪生怕死是无可厚非的。我们固然不宜苟且偷生，但应该珍惜生命。

生命，那是自然付给人类去雕琢的宝石。

——[瑞典]诺贝尔（1833—1896）

生命其实不只属于自己。受之于父母，延续于儿女，师长们的教诲还增加着生命的宽度与厚度。并且，"人是一切社会关系的总和"，活得越长，在社会上的接触面越广，生命的总和便越大，怎么能说自己的生命与他人无关？某些轻生者说，如果一切洞破，自然四大皆空。倘若这不是出于信仰的需要，便是掩耳盗铃。毕竟，任何主观上的洞破，都遮掩不了客观存在。

我不赞同"好死不如赖活"的态度，因为放弃底线的活乃是行尸走肉，这样的生没有丝毫尊严可言。活得太压抑了，不能够挺胸抬头，必定"生不如死"。从另一个角度说，即便是死，也要死得其所，才能"快哉快哉"。

生命的存亡有许多不确定性因素，许多时候我们未必能够主宰。假使飞来横祸，生命悄然殒去，这绝不是我们的过错，我们不需要遗憾和自责。然而，如果出自我们自身极不珍惜，那我们就应当引以为过，谢罪于一切丰润与温暖过我们生命的人。

我很同情某些人，他们似乎明白太多的道理。他们认为生死由命，行车快慢与交通事故没有关联，可我察觉，争行于道与出事概率很有瓜葛；他们认为人在仕途，就得经常钻营于酒桌之间烂醉如泥，可我发现，真正有为者必定注重大事、关注健康，而能够辞谢不必要的应酬；有的人认为置身商海，就必须经常熬夜陪人打麻将豪赌，才能捕捉商机，可我看到，不少人在熬夜中熬垮了身体，在豪赌中输得精光，甚至输掉了基本的人格和尊严。他们似乎明白许多人生的道理，但仔细推敲，大抵是舍本逐末，抓了芝麻扔了西瓜。

在人生旅途中，我们必须依靠践踏生命而让生命闪光吗？恐怕未必。假如真是如此，这也绝不会是一笔合算的买卖。道理不用多说，记住：生命只有一次，生命在，希望就在。

谈坚强

只有刚强的人，才有神圣的意志。
凡是战斗的人，才能取得胜利。

——[德国] 歌德（1749—1832）

虽然伟人早就断言，"人总是要死的""死人的事是经常发生的"，但每每看到有关名人大款英年早逝的报道，我仍然禁不住慨叹：生命是脆弱的！

人们在聆听残障人士做事迹报告时，常常感叹着说，生命是坚强的。我以为，坚强说的是意志。就肉体而言，生命实在是太脆弱了。且不说地震、战争、车祸等自然或人为的灾难，单说疾病，现代医疗技术尽管发达，政要富豪们尽管"不差钱"，但面对死亡，照例无法抗拒。有一句俗语叫作"公道世间唯白发，贵人头上不曾饶"，生命何尝不是如此？不论你地位多高，权势多大，财富多厚，名声多响，如果大限已到，你都得无奈地告别这个世界。对此，还能说生命不脆弱吗？

明白了生命是脆弱的，就应当保持一种生命忧患意识。要看到，生命的确有些"无常"，眼睛开合之间，气息进出之间，生命或许就荡然无存。为此，要做到"两珍"，一是珍爱生命，有所节制，不要无谓地透支健康、践踏生命；二是珍惜时间，把握当下，认真过好每一天，不要白白浪费了大好时光。同时，还应该有悲悯情怀，推己及人，善待他人。要看到，每个生命活得都不容易——即使看上去风光，背后也可能有其难言之痛；即使眼前风光，避开将来的不可预见性不说，过去也或许遭遇过巨大的忧伤。

说到坚强，还是要回到题头提到的"死"。在行文上，这叫前呼后应；于现实中，则是情理之中。"生老病死"四个字，后面三个往往搞团团伙伙，捆绑在一起。少年的坚强是有身体作为支撑的，这时节血气方刚，大多也未经打击，因而不识愁滋味。而老年人，如果对人生没看明白、没有悟透，即便曾经沧海，面对来日无多，也难免心生叹息、内心脆弱。身体摇摇欲坠，此时的坚强难能可贵，这就要回溯人生、洞穿衰老。谁都曾经年轻过，谁也都终将老去，这是自然规律。不老的不是传奇，是妖精，然而，不死的妖精是不存在的，从来就没有过。衰老不只是规律，还是资历。有个故事，讲某个冒冒失失的年轻人问某地还有多远，因为不知礼节，老人回答"三拐杖"。丈量路程，不论里论拐杖，没有一定的年岁，说得出口吗？

谁都会老，老不足畏，不妨碍保持坚强，但如果倚老卖老，那就走向了另一面。这个"另一面"，叫作"不懂得放下"，实质上属于"伪坚强"。老年人有阅历、有资历，但时代日新月异，身体、精力、学习能力等诸多因素叠加，老年人自然也有短板。"知之为知之，不知为不知"，尽管多活了一些年岁，但不懂就是不懂，承认不懂就是坚强；"廉颇老矣"，干不动了则归隐，承认不足，急流勇退，主动让贤，这种大智慧同样是坚强。

坚强不分时段、不分年龄，趁早种下因，才会结出果，在人生旅途上成为"蒸不烂、煮不熟、锤不扁、炒不爆、响当当 一粒铜豌豆"。华年易逝，老来难测，常怀忧患，常存警醒，常持坚强，少壮不忘衰老，顺境不忘逆境，自可闲庭信步！

谈自信

有信心的人，可以化渺小为伟大，化平庸为神奇。

——[爱尔兰]萧伯纳（1856—1950）

自信是乐观的源泉、成功的基石、幸福的根本。自信让男人倜傥俊逸，让女人可敬可爱。

有自信，才有定力和恒心，才不会心浮气躁、意乱情迷，为所见所闻迷失自我，才能咬定既定目标坚忍不拔地前行。

自信不是盲目乐观，自信需要底气。具备足够的现实实力与潜在实力，并能永不满足、持续奋斗，这样的自信才是真自信，否则便是坐井观天、夜郎自大。

自信不是自负。自负者或许也确有实力，但往往在看到自身优势的同时，看不到自己的劣势，甚至过高地估计自己的实力；自信者则始终保持着清醒头脑，能够辩证分析形势，全面看待自己，知所长而不颓废，知不足而思进取。

自信需要正确看待成功。成功有不同的标准，认准自己的标准为至要；成功有先有后，每个人的条件各不相同，在成功的道路上进度不一；成功有大有小、有长有短，眼前的小成功未必是长久的大成功。把成功看明白了，有助于增强自信心。

　　自信还要防止折腾。失败固然是成功之母，但生命有限，经不起多少折腾，无谓的失败无异于自残甚至自杀。所以，要把握好前行的方向，规避不必要的失败，底线则是防止在同一个地方摔跤。

谈激情

> 燃烧的热忱，凭着切实有用的知识与坚韧不拔，是造就成功的最常见的特性。
>
> ——[美国]卡耐基（1888—1955）

人生是需要激情的，没有了激情，生活就会丧失精气神，找不到人生的趣味，找不到生命的价值，找不到继续前行的方向，百无聊赖，终至颓废，虚度年华。

谁都难免有情绪低落的时候，身处低谷，挺得过去就会柳暗花明，否则，就可能一蹶不振、永难翻身。保持激情，靠的不是打鸡血，不是吸食毒品，而是发乎于心的内在驱动力。外在的强刺激也许会有一点作用，但难以持久地把一个人支撑起来，唯有自身拥有铮铮铁骨，才能挺起坚硬的脊梁。

激情来自目标和追求。人生有目标、有追求，就有继续前进的方向，就会激发强大的动力，任何时候都不能失去目标。每个人的目标不尽相同，每个人生阶段的目标也存在差异。顺境时，目标可以宏大一些；逆境时，则要确立一个相对更易达成的目标。什么叫大目标？"计利当计天下利，求名应求万世名"，天下利和万世名足够宏大！名利不是洪水猛兽，完全排斥没有必要，看破红尘未必可取，但不宜过于执拗。有追求，不苛求，才能进退裕如。

激情来自信念和勇气。没有谁的人生可以一帆风顺，没有谁的头顶总是丽日当空。不如意的时候，不要给自己添堵，任何情况卜都不能失去信念。心中有自信，头顶有红日，生活有希望，就不会被轻易击垮。勇者不是没有困难，而是从不畏难，愈挫愈勇，迎难而上。换一个视点，风雨之后回头看，任何苦难都是熔炉，任何坎坷都是阶梯，任何挫折都是曲径。勇者站在未来看当下，所以感谢苦难、感谢坎坷、感谢挫折。

激情来自洞明与豁达。有时候，我们一时看不到出路、看不到前途，感觉失意，这不奇怪。再走走看，总有一角风景让你怦然心动。你苦闷，处于一个不起眼的地方，但别丧气，这世间从来就没有边缘化的地方，只有边缘化的人。以边缘为参照，边缘就是中心，地球村时代更是如此。看明白，笑对人生，达观以待，当你自带光芒时，即使身不在江湖，江湖上同样会有你的传说。

谈修为

> 夫君子之行，静以修身，俭以养德。
>
> ——[中国·三国]诸葛亮（181—234）

形体可以克隆，灵魂无法复制。灵魂是诸如思想、文化之类内在的涵养，但同样可感可知。眼睛是窗户，掩饰不了内心；语言见品味，深藏不住涵养。这么一看一听，灵魂的深浅也就渐渐洞察出来了。这就如同一个整过容的女子，容貌虽易，但她的涵养，一张眼、一开口就露馅了。铸魂非一日之功，需要在长时间的修为中积淀、浸入骨髓，所以，人之存世，不可一日不修为。

曾子讲，"吾日三省吾身"，修为确实不可懈怠。如何修为？与人谈心，略有所得，概述为"修为六要"：

一曰慎言。即使讲正确的话，讲有利于对方的话，也要和颜悦色、和风细雨，让人乐于倾听、乐于接受，否则，你一开口就失败了。毕竟，除非有意要惹人不快，一个人之所以讲话，大抵是希望别人听后愿意接受你的观点。何况，说话不当引发误会，还会不欢而散，甚至反招其祸。

二曰达观。不可否认，谁都有情绪不好的时候，都有颓唐丧气的时候，但要善于自我调理，及时掌控，保持豁达情怀，就像流浪中的吉卜赛人，即使一无所有，也不放弃歌唱。要尽可能不讲悲观的话，因为这样不仅于事无补，久了还会让自己生活在抑郁之中。并且，不良情绪常常如病毒般互相传染，由此加剧，延长自己的悲观。

三曰智慧。做事不单靠勤奋，还要讲究方法，要对路。方向偏了，吃力不讨好，甚至把事情越弄越糟。要学会智慧做事，善于找准问题，切实把握要害，始终抓住重点，在有限的时间内，在有限的精力中，优先把最紧要的事做好。

四曰沉稳。谁都会遇上难题，但多数人都走过来了。宜内敛定力，处困不惊，遇难不乱，闭目养神，从容应对。每临大事，尤须守住静气，力求"泰山崩于前而色不变，麋鹿兴于左而目不瞬"。同时，要力戒意气用事，纵使见辱，亦"骤然临之而不惊，无故加之而不怒"，否则，倾力修为刹那成空，嗔怒之心尽弃前功。

五曰妥协。太硬则易断，不是原则问题能退让就退让，牛脾气即使能成事，也不能成大事。上善若水，柔能克刚，眼前的妥协未必表示彻底的投降。要有大眼光、大格局、大胸怀，海纳百川有容乃大，有器量才有气象，退一步海阔天空，让一分柳暗花明。

六曰自省。"人非圣贤，孰能无过？"因为认知上的片面，因为能力上的欠缺，谁都不可能时时处处绝对正确。"知人者智，自知者明"，要勇于自省。自省没什么了不得，也绝不伤自尊。相反，唯有自信者方能自省，唯有自省者才有新生。

修为的指向是优秀。优秀不是穿给别人看的外衣，而是沉淀于内心深处、形诸习惯的品格；不是为了博得他人的表扬，而是按自己认可的理念，活得心安理得，活得清爽高贵，活出恒久的尊严。

谈熬炼

> 故天将降大任于是人也，必先苦其心志，劳其筋骨，饿其体肤，空乏其身，行拂乱其所为。所以动心忍性，曾益其所不能。
>
> ——[中国·战国]孟子（约公元前372—公元前289）

三个年轻人坐在一起显摆自己的学历，甲说是"xià大的"，乙说是"jiāo大的"，听起来似乎是厦门大学和交通大学的简称，来头都不小。

其实两人都没念过几天书，他们说的是，自己分别是在吓唬中长大和爹妈教大的。丙也没进过大学校门，但不甘落后，自称是"áo大的"，即毕业于吉林敖东大学。事实上，似乎并没有敖东大学，他指的是，自己是慢慢熬大的。

"熬大的"，这三个字很有意思。仔细想一想，谁又不是熬大的？

第一，人生就是熬。这未必是消极的处世态度。"熬着，这日子就是熬出来的。"是的，人生如同熬姜糖，慢慢地熬，便熬出了琼浆，熬出了浓香，熬出了一个丰富多彩的旅程。种子慢慢熬，熬到了破土而出；虫蛹慢慢熬，熬到了破茧化蝶；小媳妇慢慢熬，熬成了母仪大家庭的婆婆。熬是一种渐渐成长的过程，每一个生命都是在熬煎中日渐成熟起来的。熬下去，以时间拓空间，才能积小成致大成，迎来脱胎换骨的嬗变。伏尔泰说："天赋就是持续不断的忍耐。"成功固然没有那么容易，唾手可得，但也没那般艰难，高不可攀。很多人不能成事，不能成大事，毁在熬不住，没能坚持下去。

第二，人生必须熬。这是成长的客观规律。一方面，成长需要时间，没有一定的时间，火候未到，修不成正果，成不了气候。成就斐然的鲁迅先生说："哪里有天才，我是把别人喝咖啡的工夫都用在工作上了。"著作等身的二月河老师说："我写小说基本上是个力气活，不信你试试，一天写上十几个小时，一写20年，怎么着也得弄出点东西出来。"假以时日，有了量的积累，才会有质的飞跃。对此，古人早已有深切的体会。慢慢地熬——熬到明白事理，方能"四十而不惑"；熬到人家说什么都满不在乎，方能"六十而耳顺"；熬到干什么事情都不在话下，方能"七十而从心所欲"。另一方面，成长具有阶段性，处在哪一个人生阶段，该干什么干什么。早熟与晚熟一样，都是违背时令，错过了心存遗憾，逾越了也未必可喜。俗话说"多年的媳妇熬成婆"，没有一定的年月，年纪轻轻成了婆婆，这媳妇的孩子必定是过早地偷吃了禁果。民谚云"不哑不聋，莫做阿翁"，没有经过那些个场面，没有熬出一定的肚量，这个听不得那个容不下，面对难以调处的婆媳关系，这阿翁如何做得了？

第三，人生应该熬。这是一种生存智慧。且看尘世，因为心浮气躁，一些人梦想一夜暴富、一举成名、一步到位，结果活得火急火燎。即便一朝成功，生活质量也不尽如人意，这样的"急就章"有多大意义呢？正是如此，"慢生活"理念甫经提出，便大受青睐。人生说短也长，成事有先有后。伟人说得好，"不要着急，慢慢来"，慢慢地熬，其实是享受生活，也才能笑在最后。再者，假使过早地大富大贵，但自身准备不足，没有足够的享受力，适应不了，反而不是好事。消受不起，为名利折煞，这样的事情屡见不鲜。熬还是一种能耐，不能够坚持不懈、坚忍不拔，做不到一以贯之、永不放弃，这样的人与熬字无缘。

苦难是人生的真相，熬炼是客观的现实。以天气为例，世界上真正四季宜人，甚至四季分明的地区都并不很多，大部分地方，往往不是太冷就是太热，脱下冬衣就是夏装，缺乏过渡，缺少铺垫。这不禁让人感慨：一年到头好日子委实不多！具体到每一个人生，"不如意事常八九，可与人言无二三"，任何光鲜的背后，或许都有不为人知的不尽如人意。其实，这就是人生！不要以为自己有多苦，你只是不知道别人的难处；不要以为自己多么不如意，无非，幸福每每不知不觉，痛苦则多半刻骨铭心。看明白、看通透，知其苦方能吃苦不怕苦，知需熬才能愿熬经得熬。"能受苦方为志士，肯吃亏不是痴人。"人，总是在熬炼中成长、成熟、成气候。

当然，并非所有的熬都可以熬出真味，许多时候，也可能熬馊甚至熬臭。譬如饭菜，如果质地属于易馊品，如果缺乏必要的保鲜措施，那必将熬得异味满堂、馊不可闻。因此，熬是一门学问，要像小说家笔下的生灵或者物件，汲山水灵气，采天地精华，最后终于修炼成精，熬成了千年老妖。

意大利小说家卡尔维诺说："我对任何唾手可得、快速、出自本能、即兴、含混的事物没有信心。我相信缓慢、平和、细水长流的力量，踏实，冷静。"熬是积淀，是酝酿，是蓄势。熬需要定力，需要静气，需要从容。不要焦躁，人生就是熬。看谁经得拖，看谁熬得住，谁熬下去了，谁就能熬成智者，就能熬炼出精彩人生！

谈心态

对于大多数人来说，他们认定自己
有多幸福，就有多幸福。

——[美国]林肯（1809—1865）

医院似乎是一个容易让人悲观的地方，原本是幸运的事，有些人常常也要莫名其妙地生出低沉的情绪。

说两个事儿。

其一，A君去医院体检。验血、透视、彩超、CT……一连串检查下来，给出的结论是：没什么问题。A君知悉后有些懊恼：咋就没问题呢？那不是白白浪费了体检的钱吗？他没有转念一想：没问题就好，没问题就好。没问题当然好，如果真有问题，且不说要花更多的钱，还得饱受疗治的煎熬。

其二，B君身体不适，遵医嘱购药一瓶，六十粒药丸，日服三次，一次两粒。也许是受益于身体素质好，或者是用药对路，两天就痊愈了。B君很是不爽：太可惜了，怎么两天就好了，剩余的药不就浪费了？他没有转念一想：是药三分毒，如果身体挺得过，宁可把药丢掉，也还是不吃为好，难道买的药一粒不剩方才康复就不亏吗？

　　人的心态真是奇怪得很！明明是大好事，却偏偏"无故寻愁觅恨"，徒添烦恼。这是两个滑稽的例子，事实上，生活中还有大量的不快乐，都与心态紧密相关。

　　道理很明白，就不赘言了。统而言之，不论什么状态下，人的心态都大致可分作两类，一是积极的心态，一是消极的心态。我们所要选择的当然是前者，因为，积极的心态有助于提神振气，战胜前进路上的困难，而消极的心态不仅于事无补，甚至可能让事情变得更糟。

谈平和

心安身自安，身安室自宽。心与身
俱安，何事能相干。谁谓一身小，其安
若泰山。谁谓一室小，宽如天地间。

——[中国·北宋]邵雍（1011—1077）

每每有人通过不
正当、不光彩的手段
即所谓潜规则，迅速
升了职、发了财、得
了好处，周围总有人
艳羡不已，进而焦躁
不安。有贼心没贼胆
的，由此让自己在煎熬中度日；效仿着行事的，则从此抛弃了自己
曾经的操守。

一个人精神的高度，不在于看到眼前的善有善报恶有恶报而扬
善弃恶，而在于在看到善者受欺恶者得势时，仍能在洞穿迷障中心
如止水，一以贯之地持守阳光的生活。也就是说，光怪陆离的世象
面前，平和、沉静应该成为我们的选择。实际上，这本是千百年来
人们的体验所得。古人论述名利，有"暴得大名，不祥"和"君子
爱财取之有道"之说，其间的潜台词都是，来之不当的名利，"其
兴也勃焉，其亡也忽焉"。风风光光一阵子，不如顺顺当当一辈
子。而况，人生中很多感觉，喜感也罢，痛感也罢，大抵是过眼烟
云。如果能够放大格局，把某一阶段的得失放在整个人生旅途中衡

量，也许就会清醒得多。

　　不能否认，平和绝非易事。毕竟，能够看远、看淡、看真切，需要练就锐利的眼光。也许正是如此，自古以来就一向有人为此陷入深深的思索之中。《说岳全传》里有一个叫作胡迪的人，他得悉岳飞为奸臣所害，叹惜"天地有私，鬼神不公！"关汉卿借窦娥之口喊出了"地也，你不分好歹何为地？天也，你错勘贤愚枉做天！"《西游记》里孙悟空打死了拦路抢劫者，质问菩萨自己是否有过错。这些文学作品中的人物所发出的呼声，体现出历代人们面对为恶之人得便宜时的困惑。思索的结果是什么呢？用《说岳全传》里阎王对胡迪的话来说："天地鬼神秉公无私，但有报应轻重远近之别耳。"因果报应当然是迷信的说法，但事实上终究是"邪不胜正"。实践反复证明，再大的邪都上不得台面，作恶就像怀着的鬼胎，久了终会露出来，迟早也都将"见光死"。人生路漫漫，面对使用歪门邪道者获取暂时的利益，用不着羡慕，更不宜乱了方寸。

　　一个人没能够做到平和、沉静，究其原因，大体有四：一是不知足而无感恩之心。当下有的新生代，享受着新时代的发展红利，无沉重债务，父母尚健康，有地方蹭饭，按理日子是不错的，但不知足、不懂得感恩，心气难免虚浮。二是不知远而无忧患之识。没有危机感，缺乏底线思维，总以为未来只会更好、不会更差。因为心理准备不足，一旦遇到挫折，欲望越强失望越大，就容易急火攻心。三是不知需而无节制之欲。人生的需求其实很有限，"良田千顷，不过一日三餐；广厦万间，只睡卧榻三尺"。并且，山珍海味未必胃吸收得了，华宇雕床未必不会失眠。许多渴望之物到手之后，根本就用不上。四是不知彼而无淡泊之境。不了解别人的艰辛，以为人家顺风顺水，实际上，"人人有本难念的经"，同样都是"不如意事常八九，可与人言无二三"，外在光鲜未必不暗流涌动，无非没有说出来或你未曾听见而已。不知足、不知远、不知需、不知彼，一问四不知，如何能够平和起来？

平者，波澜不惊；和者，温润如玉。所谓"静水流深，沧笙踏歌"，平和、沉静才是漫漫人生路上最好的装备。一个人若能时时处处保持平和，则得失不患、宠辱不惊，进退有据、安危在握。

谈拘谨

严谨与拘谨，一字之差，境界迥异。严谨，如谦谦君子，有原则、守规矩；拘谨，则是小脚女人，放不开、不自在。

> 我要有能做我自己的自由，和敢做我自己的胆量。
>
> ——[中国]林语堂（1895—1976）

一个人立身处世，并非处于真空，总要接受别人的评判，总要接受外界的约束，无论你愿不愿意。且不说别的，单就"人言可畏"而言，舆情杀人、血不见刃，众口铄金、积毁销骨，自古就不鲜见。尤其是在网络治理尚不规范、网民素质参差不齐的前信息时代，出于"流量经济"、无意识跟风、恶作剧等心态，引发的"人肉搜索""社死"等网络现象，便偶有发生。不少人一夜之间就被舆论腰斩，从此悄无声息。

尽管"见光死"说到底在于自身不过硬，但同样要看到，古人讲"人非圣贤，孰能无过"，没有谁十全十美，舆论却具有惊人的放大效应。任何问题一旦用显微镜反复聚焦，都很有可能呈几何级扩散，带来很大的杀伤力。所谓"欲加之罪，何患无辞"，则是非正常情况下的人间悲剧。自媒体态势下，话语权至关重要。面对可能出现的"极致性语境",严谨的重要性不言而喻。稍有不慎,信息狂轰滥炸,如同病毒般复制传播,后果就难以想象。一些人为此感到后怕,于是谨言慎行,甚而日益拘谨起来。

谨慎的心情可以理解,过于拘谨却似无形的捆绑,甚至是对人性的扭曲。束手束脚,笑不敢笑,哭不敢哭,如同木桩,活着就太无趣、太乏味了。人生就那么长,一眨眼倏忽而过,若是成天怕树叶掉下来砸着了脑袋,这么活着,会有多大意思呢?

在世俗的眼光里,或许,有的职业要求不苟言笑、深藏不露,于是有人怕上网、怕发声。恐怕也不必!为人处世,该严谨的地方当然要严谨,但也用不着过于拘谨。回避网络技术,不敢拥抱互联网,那是鸵鸟。有幸置身信息时代,何妨积极参与其间?有操守、守规则,能够做到不妨碍社会、不影响工作、不损害他人,实名开博客、发网文,并无不妥。记得当年读大学时的暑假,我顶着烈日在稻田间扛着电缆线抽水抗旱,满身泥浆,有人觉得有失"天之骄子"形象;后来有了职位,经常坐公交、步行上下班,也有人感到讶异。我惊诧于人们的讶异:本就是凡夫俗子,如若佯装高贵,畏首畏尾,幸福指数未免大打折扣!

为什么有的人心事重重,处处拘谨,自绑手脚?说到底——要么是想得太多,患得患失,担心受到无谓的损害;要么是底气不足,心里没谱,顾虑自己的短处有所暴露。细究起来,这些理由似乎并不成立。人生是可以透明的,也应该透明,特别是信息时代,在大数据网格下,每个人都在"裸奔"。与其躲躲藏藏,怕人看透、故弄玄虚,不如大大方方、堂堂正正,透明地生活。公开公道，不搞歪门邪道，清清爽爽，自然轻轻松松。如果有人偏要说长道短，别人的嘴巴，管得了吗？"明月照大江，清风拂山冈。"做好自己，不因外界非议而自己烦恼，遇事付之一笑，就会有人白在。毕竟，真有人不安好心，硬要找碴，就是成天窝在家里，又能避得了么？

若是严谨，无须拘谨；若不严谨，拘谨无益。本不是神，没必要神秘莫测；本就是人，吸食人间烟火，这才是庄子所说的"循其本"。当然，人的素质千差万别，总会有龌龊之辈、宵小之徒。因而，严谨是要的，事事有原则，时时守底线，以底气增硬气。坦荡正派，俯仰无愧，半夜敲门心不惊，拘谨自然成了自制的枷锁，砸碎它也无妨。

谈舍得

> 一切都是暂时的，一切都会消逝。一切逝去的，都会变成美好的回忆。
>
> ——[俄国]普希金（1799 — 1837）

平心而论，每个人都乐意要风得风、要雨得雨。心情当然可以理解，但这只能是美好的愿望。

现实生活中，有所得，往往必有所失，似乎是颠扑不破的真理。

两千多年前战国时代的孟子就专门探讨过这个问题，并分别就鱼和熊掌、生与义"二者不可得兼"做出过自己的选择。19世纪匈牙利诗人裴多菲也在生命、爱情和自由三者之间做过一番果断坚毅的取舍，留下了"生命诚可贵，爱情价更高；若为自由故，二者皆可抛"的经典诗篇。清代仓央嘉措一句"世间安得两全法？不负如来不负卿"，佛门与情关，取舍之间，字字滴血，满带惆怅，令人感慨万分。

有人说，不怕没路可走，就怕路太多。路是走出来的，"车到山前必有路"，一时看似"无路可走"，但咬紧牙关走下去，每每会别有洞天；而路太多了，乱花迷眼，反而容易茫然，踌躇不前。我们当然不能矫情，责怪给自己的路太多太多。而应扪心自问，自己是否不懂得"舍得"的辩证法？"舍"与"得"，从来相伴而生、相依而存，舍此得彼，悉有定数。鱼和熊掌样样都想据为己有，哪一个都不想放手，心里放不下，脚步自然也就迈不开。并且，所有的"得"都未必有想象中那般美妙，好事集于一身，终究不是好事。"欲戴皇冠，必承其重。"拥有皇冠，就得拥有相匹配的资本，承担相应的责任。德寡力薄，侥幸得之，也难长期拥有，甚至还有余殃。

人的精力终归有限，能力也有边际，从"需要"出发也罢，从"可能"出发也罢，知道取舍，懂得放弃，都是应有的考量。一个人最重要的能力是战胜自己，知道该做什么不该做什么，以强烈的自我约束能力，让内心无比强大，抵制诱惑排除干扰，咬定目标步步为营，最终赢得丰收在望瓜果飘香；最愚蠢的行为莫过于贪多求全，执着于一念，事事放不下，明知非己之长、走不下去，却仍然硬撑着，结果不仅遍体鳞伤，而且错失了人生黄金期；最智慧的举动是发现取舍失当，坚决果断及时掉头，如壮士断腕切割过往，趁早从头再来，抢回失去的时光，迎接灿烂的未来。

舍得舍得，有舍才有得，这不是文字游戏，而是人间法则。能量是守恒的，需求自有其定数。人生短短，吃不尽的饭，看不尽的景，舍与得应该达到一个平衡，取舍是人人都必须面对的抉择。道路千万条，在特定时间里，你只能走其中的一条。认清自己，把准未来，该放下的放下，专心致志守好属于自己的那个园子，倘若花香四溢，自然蜂蝶翩翩。

谈操守

如果道德坏了，趣味也必然堕落。

——[法国]狄德罗（1713 — 1784）

应该从内心深处长久地感谢那些好心人，他们常常用不同的方式鼓励着我，赞赏我所谓的优秀，比如人品、能力与胸怀，并满怀善意地唆使我"学坏"一些。甚至于一些聚会，我竟屡屡成为被"攻击"的靶子。主题就一个，放弃一些操守，坏一点再坏一点，你会有更好的发展。我知道，他们出于真心，发自肺腑，希望我"物有所值，事有所成"。

仔细翻检，我并没有发现自己有什么独到之处。我不是战场上的勇士，一刀可以抢下千人头；也不是羽扇纶巾的谋臣，一计可以安天下。我只是认真地做好职责范围内的事，仅此而已。相信别人同样用心，同样也可以做出一个好的交代。然而，面对师友们的关切，我依然不由自主地扪心自问，操守是否是一种错误？

何谓操守？一般的解释是，它指的是品德和气节。"才者，德之资也；德者，才之师也"，北宋司马光一语传千古，这么说来，德并非可以决然否定的东西。比司马光早一千多年的孟子也说，"居天下之广居，立天下之正位，行天下之大道……富贵不能淫，贫贱不能移，威武不能屈。此之谓大丈夫"，同样将宅心仁厚、周正端庄、明礼守义这些道德操守摆在十分重要的位置。放眼看西方，哲人康德有言，"有两样东西，愈是经常和持久地思考它们，对它们历久弥新和不断增长之魅力以及崇敬之情就愈加充实着心灵：我头顶的星空和我心中的道德律。"看近年来各类挂历，不少都印制着慈善为本、仁义礼智、公平正直、长守恕道、宽厚恭谨之类的金玉良言，仿佛国人都正注重着修身。理想信念，道德操守，都是好东西啊，为什么要放弃呢？

我明白了，面对光怪陆离的世象，与感叹"老实人吃亏"一样，一些传统美德受到了质疑。其实，纵观历史，这从来都不新鲜。任何一个经济体制深刻变革、社会结构深刻变动、利益格局深刻调整、思想观念深刻变化的特殊时期，道德失序都会成为一个备受关注的问题。但应该看到，阵痛之后，道德重构都将是一种必然。特别是，科技已经越来越深远地改变着人类。在这个越来越透明的世界，做精神高蹈的人，做光明正大的事，这是历史与现实的不二选择。可以断言，只要地球尚存，人类的发展将不可避免地走向清明、文明和光明。由此同样也可以断言，德广行远，任何一个人要平安快乐，要长久幸福，要荫及后人，都必须向操守寻求自赎。

修身立德是立身之本、成长之基，重修养者成大业、成恒业。这正如清人张履祥所言："德器深厚，所就必大；德器浅薄，虽成亦小。"母亲说得好，"不要发慌"，该来自来该去自去。人要自信，有德自有得，纵无大得，亦无大失。观察人间万象，令人深有感触的是，坚持操守还是一种社会责任。信息时代，坏事无腿传千里，多少无德官员、无知艺人、无良记者，其有失操守的行径一经披露，不仅自己人设崩塌、身败名裂，而且动摇了长期支持者的信念、败坏世风。因此，各色公众人物尤其要做坚持操守的身体力行者，为社会传递更多的正能量。

要让心灵保持上升的通道！必要的操守应该守着，不摇摆，不拐弯，对业已认准了的理，持之以恒、我行我素，坚持用自己的真善美展示人性的光辉。否则，前人无数谆谆教诲，自己修行那么多年，丢了，失守了，就前功尽弃了。

谈内省

一个懂得内省的人，才是一个能够不断提升自我、臻于至善、内心强大而不可轻易战胜的人。

自重、自觉、自制，此三者可以引至生命的崇高境域。

——[英国]丁尼生（1809—1892）

自古以来，冷静理智的人都注重内省。即便是古时候自命为天子的皇帝，每每出现彗星、洪涝、地震等不寻常的天体现象或自然灾害，略微开明一点的，同样以此为警示，闭门反思自身作为，并像煞有介事地下一个"罪己诏"。"君之疾在肌肤"，一些黎民百姓也热衷于"透过现象看本质"，摔了一个跟头，做了一个噩梦，常常与坏兆头挂钩，质疑自己的不是。

常言说得好，"师傅领进门，修行在个人。"大自然的警醒、旁人的提点固然重要，但说到底，一个人的"开化"必须是发乎于心，取决于内心深处的自我驱动力。佛家禅修，崇尚洞悟，《西游记》里唐僧三个徒弟的法号，悟空也罢，悟能也罢，悟净也罢，都是"悟字辈"。"吾心为悟"，心有灵犀，才悟得通、悟得明、悟得透。不去悟、不善悟，即使老师坐在肚子里，也会把自己撑死。

佛门如此，其他领域同样如此。两千多年前的曾子坚持"吾日三省吾身：为人谋而不忠乎？与朋友交而不信乎？传不习乎？"每天都要多次反省，检讨自己帮助别人到底有没有尽心尽力，和朋友交往到底是不是践言守诺，师长传授的经书到底有没有温习。自知者明，内省者睿。一个人经常反躬自省，求诸心，才会真正明白事理，才会拥有前进的动力，才会渐入佳境。

"学而不思则罔，思而不学则殆。"思考是要的，自省是要的，但如果只是依赖于自省，要想提升修为也是缘木求鱼。因为，内省绝不是脱离生活的空想，必须在具体实践中反思，才能"省"到关键处，在内省中获得顿悟。没有实践打底子，内省便成了无源之水、无本之木，这样的内省充其量不过是走走过场。基于此，内省应该有法度，要坚持"省"与"行"的统一。

时光匆匆，人生离不开"行"，不可能有太多时间坐下来"省"。忙里偷闲，内省什么？不外乎两点。一是反思自己的所作所为，问自己是否真正做到了仰不愧天俯不作人；二是反思别人的评判，看褒奖在身能不能名副其实，批评之下是不是一针见血。人家说你好，有则再接再厉，无则视为目标；人家说你坏，有则认真改进，无则当作镜子。

做人难，难在内省难；内省难，难在心难静。所以，归根到底，无论世事如何纷扰，一个人都应当存有定力，保持内心的宁静。心静下来了，内省才有空间，才有质量。

谈浮躁

浮躁不仅是对个人的折磨，在一个团队中，它还如同病毒，极易传染，从而对整个团队的效率和

> 事业常成于坚忍，毁于急躁。
>
> ——[波斯]萨迪（约1208—1292）

合作精神带来致命的戕害，无助于个人和集体事业的发展。缓解和消除浮躁情绪，是一个人或一个团队长久的要务。

那么，浮躁究竟是怎么回事？有个说法叫作"心浮气躁"。看来，浮躁说的是心气。心不稳，气不沉，漂漂不定，躁动不安，即是浮躁。这其实只是表象，就内在而言，浮躁的本质在于内心不和谐。由于受到外界耳濡目染的冲击，而自身"功力"不济，"底气"不足，没有主见，被外界牵扯着走，安静不下来，因而表现出浮躁情绪。

浮躁是对生命的折磨和贻误，影响当下的生活，牵扯自己走向未来的步子，同时还容易伤害身边人，于己无益，于人无益，应设法予以根治。

如何缓解或避免浮躁情绪？解决问题，首先要找到问题的症结所在，找到问题存在的本因，这就是庄子说的"请循其本"的探寻

路径。那么，浮躁的本因是什么呢？是自信心的丧失。人贵有自知之明，自负是不自知，自卑同样是不自知，不自知就无以自信。一个人不仅要洞察自己的过去和现在，也要洞察自己的未来，要明白自己在社会群体中所处的位置，以及能够处的位置。把自己的位置摆正了，目标定位就会比较实在，对自己就会有更充足的信心，从而能够心如止水、泰然自若。

做一个可以自己驾驭自己的充满自信的人，一个有定力的人，一个远离浮躁的人，把握以下六个"不要太"是必要的：

——不要太把自己当回事。人们之所以浮躁，很重要的一点，是认为自己"很行"，而自己的所得，与自己的能力和付出却不匹配。这样的境况确实存在，但同样要清醒，一个人的重要性在很大程度上是由于所处位置的凸显。地球不会因为少了谁而停止了转动，如果换一粒不同的谷子装入布袋，或许它也会脱颖而出。为此，要把自己放低，善于发现别人的优点，看到别人的长处，这样做不是自卑，而是在理性和冷静中积极进取。要学会把自己的成绩放在团队中衡量，单枪匹马不可能成就事业，你的成功凝结着别人的汗水。

——不要太喜欢与人比较。从某种意义上说，浮躁是比出来的，是与眼前"胜过"自己的人比出来的。比较本身无可厚非，比一比才知道存在的差距。但如果一味执迷于攀比别人的所得，就会使自己沉陷其间不能自拔。今天跟这个比，明天跟那个比，每天的心情就会很糟，由此消磨人生的锐气。何况，什么叫作成功的人生，原本便无统一的界定。还应该看到，俗语说得好，

"人家骑马我骑驴，仔细思量我不如，回头一看推车汉，比上不足下有余"，按同一标准看，比自己更为不顺的也大有人在。盯着自己脚下的土地认真耕耘，不要好高骛远，盲目攀比，因为这样做往往于事无补。

——不要太囿于一事一理。人们之所以短视，之所以焦躁，许多时候，其实都是死认理儿。自己认准的成与败，别人框定的是与非，套在其中走不出来。于是，假使现状恰巧与这一事理有着天壤之别，浮躁便在所难免。事实上，凡事未必只有一种道理，都能明晰地辨别出是与非，有时换个角度甚至也许会更接近于真理。要把视野拓宽，对所谓的"理"多反思。不可否认，人的思想成熟有一个过程，但应该尽早成熟，而不要把这个过程拉得太长。法国牧师纳德·兰赛姆为自己撰写的墓志铭中这样写道："假如时光可以倒流，世界上将有一半的人可以成为伟人。"时光不可以倒流，但只要我们善于学习，勤于反思，我们完全可以提前明了一些事理。

——不要太拘泥眼前得失。每一种人生都有自己的轨迹，纵观古今中外，少年得志者有之，老当益壮者有之。别人今天比你强，别人现在比你顺，焦急什么？你的成功或许就在明天。庭前花开花落，天上云卷云舒，一时的得失，不要看得太重，人生的路还长着呢。需要明白，成功缘自执着，源于积累。没有扎实的根基，一切光环与成就都会如过眼烟云，昙花一现，绝不能长久，即使暂时得到了，也将很快失去。要输得起，沉住气，静下心，任尔东西南北风，一心一意打牢基础，丰富积淀，成功自会水到渠成。

——不要太忙而失却宁静。这里所说的忙是"瞎忙"，是徒劳无益或劳多益少的忙，尤其是心灵上的忙乱。"文武之道，一张一弛"，某种意义上说，"弛"也就是"张"，是蓄力，是运势，是飞机腾跃之前的滑翔。于光远先生说得好："人的心灵要保持清净，而不要旁骛太多，没了章法和智慧。因为，人一忙就容易乱，头脑不清醒；人一忙也容易烦，心情不能和平；人一忙就容易肤浅，不能研究问题，不能冷静认真思考；人一忙就容易只顾眼前，不能高瞻远瞩。"把自己的神经绷得过紧，不是勤勉，而是缺乏智慧。身体上过于忙碌会让人体力不支，心灵上过于忙碌则会让人晕头转向，这是莽夫之举，是效率的失败，将把人引入浮躁的旋涡。

——不要太在乎别人议论。别人表扬自己是没错的，但不要沾沾自喜；别人指出自己的缺点是没错的，但不要心存芥蒂。为别人的口腹而活，那是高尚；为别人的口舌而活，那是卑怯。要能够坚持正确的理想和操守，不因别人的指指点点轻易否定自己。做人做事的态度是用心，目标是无愧。人们常说"岂能尽如人意，但求无愧我心"，道理即在于此。何谓"愧"？从汉字造字法分析，"心中有鬼"即生"愧"。坦诚做人，尽责做事，仰不愧于天，俯不怍于人，心地坦荡，愧从何来？

和谐是人类社会的理想状态，这个和谐既包含人与人、人与自然的和谐，也包括人自身的和谐。并且，人自身的和谐是一切和谐的基础。"事在人为"，作为人类社会的主体，自身和谐了，才会有人与人、人与自然的和谐。达成人自身的和谐，无疑要求我们努力做一个心灵的主宰者，剔除浮躁，心平气和。也唯其如此，我们的身心才能更加愉悦，人生才能更加轻松。

谈正气

不要人夸颜色好，只留清气满乾坤。

——[中国·元朝]王冕（1287—1359）

"天地有正气，杂然赋流形。下则为河岳，上则为日星。于人曰浩然，沛乎塞苍冥"，文天祥《正气歌》回肠荡气，经年越岁，历久弥新。

正气，充满阳光，让人昂扬向上，是正义凛然之气、正大光明之气、纯正清雅之气、刚正不阿之气。正气盈身，"富贵不能淫，贫贱不能移，威武不能屈"，于己百毒不侵，于人满怀敬畏，于事必有所成。人间盈正气，大道自可成。一个社会充满浩然正气，必然是艳阳高照、天朗气清。"是气所磅礴，凛烈万古存！"人非生而正气炽，当以先贤为镜，三省吾身、守身持正。

古人梳理出一条成长线路图，叫作"正心，修身，齐家，治国，平天下"。正心修身是人生的根本，被摆在了第一位。正心修身，目的是敦品立德。"士有百行，以德为先"，道德品质的高下，决定了人生境界的大小。正气充盈者，忠厚老实，待人以诚，不要滑头，内心安详。倘能如此，必将推己及人、胸怀苍生，以满腔热忱服务社会、报效国家。若是眼界狭窄、急功近利，凡事打着自己的小算盘，必然道德低劣、行为猥琐，斤斤计较于蝇头小利，甚至遇有利益冲突时睚眦必报。

事在人为，人因事显。人生的意义，在做事中得到升华。置身社会，每个人大抵都拥有自己的岗位。一个萝卜一个坑，一个岗位一分责。不管处于什么样的岗位，担当尽责、勤勉务实，都是基本要求。如果尸位素餐、无所作为，那就愧对岗位、有负希冀。正气充盈者，总是怀揣责任，知责思为，保持着敬业奉献的内驱力，不待扬鞭自奋蹄。成功面前，不骄矜自得，头脑发热、唯我独尊；面对困难，不畏畏缩缩，胆小怕事、不思进取。对事情有交代，把工作做出色，是职责所系。任何情况下，都要咬定目标，心无旁骛，沉心静气踏实干，不达目的不罢休。

如果说，做人与做事是人生的两个重要组成部分，情感则融入两者之中，贯穿于做人做事的全过程。人非草木，孰能无情？人应该有感情，也必然有感情。然而，感情如水，可以润人心田，也可以化作肆虐的洪水，泛滥成灾、吞噬生命。纵观古今中外，为情所惑，为情所困，为情所害，这样的事例屡见不鲜，也令人痛心。正气充盈者，往往明白利害关系，懂得得失取舍，善于把控感情，他们胸中有大义，大爱施于人，而绝不拘泥于一时一地一事。假如身无正气，目无法纪、徇私舞弊，眼前看似讲感情、重情谊，但埋下祸根，最终算大账、算长远账，那是得不偿失。

《黄帝内经》有言："正气存内，邪不可干。"立身于世，宜常修身心，养浩然正气，做人清正，做事清爽，存身清白。如此，自然可俯仰无愧、坦荡平安。

谈童心

永葆一颗童心，这可以作为终身的追求。我们说某位老人心境平和、天真乐观，即常常谓其拥有一颗童心。

> 夫童心者，绝假纯真，最初一念之本心也。
>
> ——[中国·明朝]李贽（1527—1602）

拥有童心的人，大抵快乐多，烦恼少，处世自在。为什么能够这样呢？且拆一字："童"，上立下里。童心"立"于"里"，发乎内心，是人心，是善根，是赤子情怀。童心在，便能不矫情，不诡诈，真诚待人，从而收获真诚。

与童心相对的是机心。机心可谓是机器之心、机械之心，任其如何机巧，终是器械，是不讲人性的，不带体温，冷冰冰。它建立于认定自己比别人都聪明的判断之上，是"众人皆笨独我聪"的自以为是。如此掩耳盗铃，看不到别人的智慧，实属可笑至极。

有人以为，童心代表幼稚，机心昭示成熟。这是因为没有看到事物的本质。机心是一个黑洞，看起来深不可测，其实是迷障所致；童心则是一泓清泉，看起来一眼见底，实质是太过明澈。

我总是乐于欣赏充满童心的人，尤其是成年人。看多了世间的潜规则，了解了一些厚黑学，仍能保持一颗童心，殊为难得。这样的童心，其境界自然甚于世事未明的少儿的童心。

对于原本最应该拥有童心的少年儿童，我却很怕他们提早成熟老到。曾在一所学校参加"六一"庆祝活动时，看着孩子们拿着塑料手掌表示欢迎，心里就有些别扭。又不是在空旷之地看演出，如果怕拍痛手掌，那就象征性地拍拍也可以。搞塑料手掌，演出味太浓了，对照其年龄，感觉未免有些滑稽。

谈幸福

追求幸福是人的天然属性。"不幸福，毋宁死"，如果活着不幸福，或者看不到幸福的曙光，生命就会很痛苦，就会失去维系的动因，其存在的可能性和必要性便要大打折扣。

> 生活中最大的幸福是坚信有人爱着我们。
>
> ——[法国]雨果（1802—1885）

什么是幸福？没有确切的答案。即便有，也无非是拥有生命存在的基本要件，比如衣食无忧、健康快乐之类。再高一个层次，便是事业成功、受人敬仰之类了。然而，许多已经将其怀抱在身的人，脸上却未必写着幸福。这究竟是为什么呢？原因不外乎两条：

其一，拥有了，但没有察觉。很多人四肢健全，不曾缺胳膊少腿；很多人有吃有穿，不曾饥寒交迫；很多人自由自在，不曾身陷囹圄……但是，这些看似平常的幸福，有多少人体会到了呢？许多人只有在看到残障者，看到难民，看到囚徒时，才发现自己原来拥有这么多。

其二，有感觉，但不以为然。很多人的确看到，自己身体健康，自己生活富足，自己事业有成……却总觉得，这有什么可以自豪的呢？自己虽然没病没痛，但不如人家潇洒漂亮；自己虽然有房有车，但不是别墅宝马；自己虽然有职有位，但权力似乎太小。总之，他们对所拥有的兴味索然。

由此看来，从某种程度上说，幸福是一种感觉，并且，这种感觉很大一部分是在对比中获得的。没有向下的对比，看不到自己的拥有，幸福感难以体验；而向上的对比太多，则容易觉得自己仍然得到太少，距离幸福还很遥远。成也在"比"，败也在"比"，这并非"比"之过，而在于"比"之人。也就是说，一个人是否幸福，能否得到幸福，从根本上说，取决于自己，取决于是否有一个平和的心态，是否能够坚持理性地思考问题，是否能够辩证地看待得失。

幸福虽然是在比较中得出的感觉，但不可否认，每个人心目中大体有自己赋予幸福的内涵和标准。有人认为非常富有是幸福，有人觉得成就斐然是幸福，这都无可非议。不过，需要看到，每个人所能够拥有的，都不完全取决于个人的努力，还有赖于自身基础和外部环境，特别是声望、职位之类个人力量难以把控的东西。还要看到，有些幸福的表象后面，未必如想象中那般美好，或许，你在不曾拥有"这一个"时，却意外地得到了"那一个"。比如，你买不起奶粉，而不得不用母乳喂养，不仅远离了三聚氰胺，而且更益于孩子健康成长；你买不起小车，而不得不骑自行车，不仅远离了甲醛甲苯，而且锻炼了体魄。这完全是自我安慰吗？难说呢。

人生并不容易，需要快乐相伴，而快乐离不开内心的幸福感。为此，不妨记住三点：第一，只有立足于心灵基础上的幸福，才更加可靠。第二，幸福是自己的体会，而不是用来向别人炫耀的器物。第三，用别人获得幸福的智慧启迪自己，而不用别人的幸福折磨自己。如果借用前人的话，记住"三个明白"是有益的：明白"多难兴邦，殷忧启圣"，乃能知进不悲；明白"欲速则不达，见小利则大事不成"，乃能知守不躁；明白"知足不辱，知止不殆"，乃能知退不贪。人能不悲、不躁、不贪，则心境通达、情趣常随、幸福恒久矣。

俄国作家列夫·托尔斯泰在《安娜·卡列尼娜》开篇写道："幸福的家庭都是相似的，不幸的家庭各有各的不幸。"其实，相似的是幸福感，幸福的内容同样千差万别。保持心灵的宁静，珍惜自己的拥有，幸福着自己的幸福吧！

谈老实

世界上最聪明的人是老实的人，因为只有老实人才能经得起事实和历史的考验。

——[中国]周恩来（1898—1976）

偶听人善意地对我说，别那么老实。

潜台词是，你这人的确不能说不优秀，但吃了老实的亏，不然现在完全可以得到更多些。甚至于面对孩子的教育，似乎也提防着我把老实传给了下一代。令人郁闷，因为做出这一忠告的人，有那么一些似乎可以归属于老实人阵容里的过来人。

什么叫作老实？大体上说，老实就是忠厚、诚实、守常理、讲规矩。厚道待人，踏实做事，不要滑头，不玩把戏，这有什么不好呢？难道有谁愿意与不老实的人做伴？朝夕相处，遭人算计，受人愚弄，这样岂不是要处处设防？难道我们希望别人老实，自己却不肯老实，这样岂不是过于理想化？

"老实"不被认可，当然源于现实生活中不少刁钻乖巧之徒走了捷径，捞了好处，得了便宜。于是，相形之下，老实被当作懦弱，被视为无能。推敲起来，真实的情形是，未必是老实人经常受大欺负，而是偶有不老实人占小便宜，如此而已。老老实实，自己并未失去多少，无非是眼前没有得到更多，而得失之间原本是动态的，着什么急啊？

一个人不老实，大抵源于自认为别人都没他聪明，于是偏离正途，铤而走险，为所欲为，试图豪赌一把。因而，从本质上说，不老实是赌徒心理作祟。赌徒能赌出什么好结果呢？"十赌九输"，大量事实告诉人们，得一时未必能守长久，就算当下赌鼓了腰包，来之不正，失之必快，最终甚至要搭上老本，还落得个负债累累，下辈子都还不清。赢可以赢多回，输只要输一次，这就是赌徒人生的残酷！

人间正道是老实。老实人顺应了事物发展的客观规律，一步一个脚印，日积月累，下了真功夫，终会有所成。并且，由于来路正、说得清，摆得上桌面，经得起调查，受得了质询，必然能够坦坦荡荡、处事不惊，必然能够心气平和、顺顺当当，也必然能够走得稳、行得远，就算吃亏，亦终为小亏。

不老实往往发生在顺境之时，自我感觉良好，踌躇满志，以为世间万物尽在自己的掌控之中。却忽略了，春风得意马蹄"急"，跑得太仓促了，老马也往往要失了前蹄。特别是，不老实之举总是怕见光，而即便是夜幕笼罩，也常常会有星星和月亮。就算天上暂时没有星光，地上也还有灯光闪烁。如此说来，老实是大智慧，老实是平安符，老实是真自在。

善意的批评容易让人疑惑，让人动摇，让人试图否定自我，即使自己坚守多年，尤其是当这些批评来自阅历人世、关心自己的长者时。正因为如此，始终把持住自己，做老实人，讲老实话，办老实事，也就难能可贵。

谈聪明

凡过于把幸运之事归功于自己的聪明和智慧的人，结局多半是不幸的。

——[英国]培根（1561—1626）

会议间隙，邻座一位领导同志与我谈及幸福，其感觉"聪明人的幸福指数更低"。

细细想来，情况似乎还真是如此。且看那些拾荒者，或叼着一支烟，或靠在树兜上打盹，或看着过往行人眼睛笑成了一条缝。某些日子过得仿佛风光许多的所谓聪明人，以为这样的生活委实可怜，岂料人家居然自得其乐。

真是奇怪！照理讲，聪明人耳聪目明，眼界开阔见多识广，应该明白人生更多的道理，也更懂得调适自己的心境，为啥反而有了更多的失落感？有意思的是，问题恰恰出在"聪明人"知道得多一些。"人生识字糊涂始"，由于知道得多，头脑便复杂起来，喜好拿自己的长处比别人的短处，拿自己的所失比别人的所得，于是吃着自家碗里的看着人家尚未下锅的，心里常常生出落差，老是不满足。这正应验人们的感悟：一个人的不快乐，多半不是因为自己得到的少，而是感觉别人得到的多。

正思考着聪明人的幸福感，继续开会时，大家探讨起农村集体经济发展这个课题。为什么有的村集体经济发展得那么好？有人说群众觉悟有别是主因，有人则不能苟同，认为关键还是缺少"傻子"。并提及河南省漯河市南街村，说该村陈列室里有一块牌匾写着："这个世界是傻子的世界，由傻子去支持，由傻子去推动，由傻子去创造，最后是属于傻子的。"此君还特别提到南街中学外墙上陶行知先生名言"傻瓜种瓜，种出傻瓜，唯有傻瓜，救得中华"。如果人人都自恃聪明、过于精明，必定没有谁能够妥善处理好个人利益与集体利益的关系。大家都吃不得亏，奉献精神无从谈起，就必然是一盘散沙各人过各人的日子，所谓的发展集体经济、共同富裕，自然是空谈。这就是说，人太聪明了，不仅自己的幸福感因聪明而下降，也难以为大众的幸福牺牲自我。

其实，幸福这东西有着"开放性"，关起门来独享，再多的幸福也有限得很，而如果是拿来与别人分享，则会呈几何级增长，不断地扩张壮大、绵延不绝。

"无知者无忧"，一个人过于精猾，涉及自身利益，事事都看得重，时时都放不下，这样的聪明是伪聪明，也必然难有幸福感可言。或许正是如此，板桥先生发出"难得糊涂"之叹。当然，聪明如板桥先生者，自然不是否定聪明，他说的应该是，当糊涂时能够糊涂，这才是真正的大聪明。

谈忧患

忧劳可以兴国，逸豫可以亡身。

——[中国·北宋]欧阳修（1007—1072）

一个人，一个政党，乃至一个国家，都应该常怀忧患之心。"生于忧患，死于安乐"，孟子把忧患放在了事关生死的位置。虽然许多时候，情形并没那么严重，但大量事实告诉我们，安不忘危，存不忘亡，治不忘乱，不啻为生存智慧。

有人说，车到山前必有路，太阳每天照常升起，担忧那么多干吗？有一天过一天，过完一天自然又来一天。说起来似乎很有大将风度，然而，如果缺乏必要的忧患意识，不能够未雨绸缪，防患于未然，困难常常如不速之客，让人难以招架。所谓"人无远虑，必有近忧"，即是这个道理。需要说明清楚的是，我所说的"必要的忧患意识"，与"杞人忧天"并不沾边。杞人忧天，纯属捕风捉影，作茧自缚，徒添烦恼。

《菜根谭》里说："处富贵之地，要知贫贱的痛痒；当少壮之时，须念衰老的辛酸。"这话把忧患意识的必要性解释得再透彻不过了。人生无常也罢，人算不如天算也罢，当我们内心里把事情安排得有条不紊时，常常忽然之间出现变故，一时便乱了阵脚。

许多人有过这样的经历：想想明天放假，今晚熬个通宵打打麻将无关紧要，不料第二天还在被窝里，接到单位通知要处理紧急事情，只得强打精神挺着干；觉得某件事情交差时间还早得很，便搁下来，不料突然又添了新任务，一时间措手不及、分身乏术；自认为眼前生活过得去，便不思进取，昏昏度日，不料父母终有衰老之时，一朝忽然卧病在床，必须陪侍左右尽孝道，方才后悔当初没抓紧机遇多做一些事情……诸如此类，都是生活中很常见的事，相信每个人都遇上过。至于那些倚仗年轻寻花问柳、聚赌逍遥之徒，老来伤悲，贫病交加，则更是叫人痛心了。

人生不可预料之事太多，一定要始终做到清醒、理智和自信，常怀忧患之心，常有防患之为。顺风顺水的时候，要珍惜环境，善待时机，能放弃的放弃，能争取的争取，总归是要储备必要的能量，以备不时之需。唯有如此，才会通达平和，才可镇定自若，才能真正实现人生的从容。

谈绚烂

> 夫物盛而衰，乐极则悲，日中而移，月盈而亏。
>
> ——[中国·西汉]刘安（公元前179—公元前122）

"绚烂之极，复归平淡"，可谓是对人生的精辟认知。平淡是本真，到最后，质本洁来还洁去，生就血肉之躯，死成一缕青烟。这种归宿本也符合自然规律，然而，我发现，许多时候是"绚烂之至，糜烂之始"。如果自身免疫力欠缺，绚烂到了极致，甚至于不再能够回归到当初的平淡状态。

最近想起当世一位佳丽，她曾经在某部炙手可热的经典剧目中扮演重要角色，饰演的是"天上掉下的林妹妹"，其本人自然也是风华绝代。奈何！这位绚烂之极的女子竟然走上了寻佛问道之路。由滚滚红尘大幅度转身而入寂寂禅院，古往今来，这样的人并不鲜见。

寻佛问道当然也是一种生活，只是，对比起世俗人们所艳羡的绚烂，这终究是出世之举，与镁光灯下的堂皇入世落差实在是太大。绚烂过后，连普通人相夫教子的平淡生活都丢弃了，步入了清灯梵唱的寂寥之中，当初光芒四射的朝阳宁静得也太过彻底，不免令人心生慨叹。

坦率地说，谁都愿意绚烂夺目，毕竟，高高在上光彩照人的感觉，简直让人飘飘欲仙。可是，"花无百日红"，红得发紫往往正是腐烂的开端，这是规律。待到花谢瓣落时，必然要由门庭若市转为门可罗雀。面对此境，如果缺乏必要的调适能力，摆不正心态，原先追慕绚烂的念头，必将导致绚烂过后陷于万念俱灰。所谓大喜大悲，喜极悲来，就这么成了无情的逆转。

有言"人生巅峰处，其实在半山"，因为半山之处虽不在辉煌的峰顶，却也不在落寞的峰底，上可进下可退，有所失亦有所得。所以，如果修炼不到必要的心智，无法承受巅峰时刻的喧嚣与欢腾，那就适可而止居于半山吧。或者，干脆做个普通人，平平淡淡，日出而作，日落而息。若能如此，就算亏，大概也亏不到哪里去。

谈善恶

在一切道德品质中，善良的本性在世界上是最重要的。

——[英国]罗素（1872—1970）

古有"性善性恶"之争，孟子与荀子据说就是两个代表。人的本性是看不见的，给这样的争论判定胜负也就颇为不易。那么，另辟蹊径，探讨人性的趋向合适吗？比较而言，似乎更为适宜。

在探讨之前，有必要先给善与恶做一个界定。这里所说的，侧重于品格修养上的认知和操守，比如勤劳与懒惰、俭朴与奢华、严谨与放荡之类。在这样的范畴里，我认为人性趋恶，即有着对恶的倾向。

有人说人性趋善，假定如此，这个"趋"与其说是"倾向"，莫若说是"选择"。前者发乎自己的内心，后者则是迫于外在压力下的顺从。在很大程度上，人性之所以选择善，不是不想作恶，而是因为"举头三尺有神明"，头上有紧箍咒罩着，不敢胡来。毕竟，聪明人都知道，作恶的代价是很大的。"一失足成千古恨，再回首是百年身"，世上没有后悔药，不好的品行或举动一旦为人察觉，那是要付出惨重代价的。

行善当然比作恶好。"向阳门第春常在，积善人家庆有余"，积善成德，于人不亏，至少能够活得安详，"平日不做亏心事，半夜敲门心不惊"，如果是为非作歹，即便眼前有所得益，也将终日提心吊胆、坐卧不宁。可是，大量的事实表明，追腥逐臭，好逸恶劳，损人利己，这些不良习气有着强大的吸引力。也就是说，一个人如果迷失了自我，抛弃了准绳和底线，堕落是非常快的。正是如此，古人说"学好三年不足，学坏一日有余"。而许多已经沾染了恶习的人，常常是屡教不改，难以自拔。俗话讲"浪子回头金不换"，这从一个侧面道出了"恶"的超凡魅力。透过古往今来的道理和耳闻目睹的一些现象，我发现，假使没有接受过良好的教育，尤其是缺失外在的约束，人性往往具有趋恶性。

明白人性趋恶，不是认可作恶，相反，乃是警示我们，必须常怀如临深渊、如履薄冰的危机意识，时时刻刻把握前行的航向。自律者强，自律也是自卫。要加强自律并主动引入他律，尤其要注重"慎初"，让自己始终走在善的轨道上，防止一着不慎，被不安好心者当作把柄，成了递交的"投名状"，由此被绑架。在这个日渐透明的"裸体时代"，到处都有摄像头和录音机，信息已难以屏蔽，消息已难以封锁。同时要看到，恶的确有着非凡诱惑力，如果道行不深、意志不坚、定力不够，三十六计，"躲"为上计，就远离它、回避它，以免心猿意马、意乱情迷、束手就擒，或者主动寻求监督，将自己摊开在阳光之下。据说有一位很有女人缘的政要，凡见异性必门窗大开，因而素无绯闻，这就是一个借助"天窗"约束自己的例子。

值得关注的是，有的趋恶者竟然振振有词，说世风本如此，大气候面前有必要保持崇高吗？其实，天空之下从来就是阳光与阴影并存，"世风日下，人心不古"，这一慨叹并非出自今人之口，而是古已有之。这话传到今天，也绝不是否认社会的文明进步，它寄托着世世代代的人们对善的殷切期盼。

趋恶总有借口，向善不需理由。即便社会上有恶的空间，只要我们心中有准绳，同样不会妨碍我们坚守正道，出淤泥而不染，保持自身内心的亮堂。

谈过错

尽管我试图用我的真诚表明我的善意，尽管我始终遵循"扬善于公堂、规过于私室"的批评原则，然而，坦率地说，我仍然不大愿意批评别人。因为我深知，能够让人闻过不怨就是大造化了，还能奢望别人闻过则喜？

最好的好人，都是犯过错误的过来人；一个人往往因为有一点小小的缺点，将来会变得更好。

——[英国]莎士比亚（1564—1616）

事实上，"人非圣贤，孰能无过？"人生在世，谁都难免要犯错误，无非大小而已。有一点过错没什么大不了，这个道理古人早就明白了。当然，不能因错误在所难免就无动于衷，毕竟过错并非好东西。正是如此，古人又说："过而能改，不亦君子乎？"有点过错不打紧，关键是要能够找出造成过错的原因，并认真加以改正，避免重犯同样的错误，这就是古人所说的"君子不贰过"。

过错虽然客观存在，但应该尽可能避免，尤其要防范重大过错。污渍易染难漂白，道理非常浅显。一个人一旦有了过错，就得为此付出代价，就得用加倍的努力打造美丽的光环来罩住你的污点，纠正人们的不良印象。并且，过错越大，需要付出的代价往往也就越大，需要你为此耗费的时间同样越多。这就如同搅浑的水，没有足够长的时间是无法澄清的。可是，生命有尽期，给你"漂白"的时间有限。或许，你还没来得及证明你已"脱胎换骨变新人"，生命就已戛然而止。于是，污点伴随你的一生。

谈底线

晚上原拟早些上床，读一本新书。回到家，趁吃水果的当儿顺便看看电视，以期一举两得。不料一打开电视机，计划就

> 一个人应该：活泼而守纪律，天真而不幼稚，勇敢而不鲁莽，倔强而有原则，热情而不冲动，乐观而不盲目。
>
> ——[德国]马克思（1818—1883）

被打乱了，央视三套《艺术人生》栏目《范曾·人文絮语》引发了我的兴趣。

没看到头，其时范曾正在谈论国学。老先生寥寥数语，颇见学问之深。这位范曾，就是那位老画家吗？此前未曾见过画家范曾的尊容，但他的画，早已从中学课本上见着了。记忆中，《石壕吏》插图"杜甫画像"即出自他的手笔。因为老先生学贯中西，学养很深，我有些疑心，以为同名同姓而已。接着看下去，方才发觉，原来共此一身，别无他人。其实，所谓触类旁通、一通百通，许多在某方面造诣深的人，往往都博学多闻。节目中，范曾先生引述古语"博学之、审问之、慎思之、明辨之、笃行之"谈成功的要素，第一点便是"博学之"。从中还得悉，范曾先生最近写了一篇有关金融危机的力作，这与他的画家身份跨度就更大了。

真是无巧不成书！回家路上，我还想及"底线"问题，这时，屏幕上居然打出了范曾先生一段有关底线的话："我们东方人对绘画和其他艺术，对人生和社会，都有一个底线。譬如笔墨，是中国画的底线，那是不容忽视或动摇的。这底线便是我们坚守的'牢'，那是虎豹不能入、水火不能侵的壁垒。"

我注意到，近年来，"底线"已成为一个使用频率极高的词语。尤其是2007年教师节之际，时任总理温家宝视察北京师范大学时说："外面的世界五光十色，诱惑确实很大，但同学们必须要坚守心里的道德底线。"乍听来有些震惊，一位泱泱大国的总理，用"底线"来要求即将教书育人的年轻人，这似乎有些尴尬。然而，放眼看世界，有多少场合，人们已经视底线为立身处世的重要标尺？一方面，守住底线，是很现实的要求；另一方面，能始终守住底线，也不是一件容易的事儿。

底线就是下限，是做人做事最基本的要求，也就是最低标准。视底线为标尺，在体现我们对真善美坚守的同时，折射出现实社会的无奈。照理说，我们应当把人生坐标定得更高一些，做"一个高尚的人，一个纯粹的人，一个有道德的人，一个脱离了低级趣味的人，一个有益于人民的人"，这样的追求才更"上得了台面"。可是，人的境界有高下，修养有深浅，要求每一个人都是圣人，有非常崇高的道德追求，这难以做到。特别是在社会转型期，在人心比较浮躁的情况下，这样的要求更显奢侈。与其唱高调，不如退而求其次，在倡导更高追求的同时，明确底线要求，以期早见成效。也正是如此，强调底线意识，虽然无奈，却不失为现实面前的理性选择。我们应该聚焦正确的价值取向，同时又不无视前进的阶段性，唯其如此，我们的目标才能实现。也许，强调"底线"，意义正在于此。

不同领域，底线各不相同。你可以不帮人，但不能害人，我以为这是待人的底线；你未必能培养出卓越人才，但至少不该误人子弟，我以为这是执教的底线；你未必能妙手回春，但至少不能草菅人命，我以为这是从医的底线；你为官可以有瑕疵，但若能践行"文官不爱钱，武官不惜死"，我以为你便守住了做官的底线……

回过头来谈这一期《艺术人生》，其间，范曾先生讲到"挽狂澜于既倒"这句话时，屏幕上打出了"挽狂澜于即倒"。恐怕，不把字打错，这应该是打字员的底线。

谈无为

唯能不为，是以可以有为，无所不为者，安能有所为耶？

——[中国·南宋]朱熹（1130—1200）

看似越简单的事理，有时往往越难道破。也许是"无为"一词过于简单，透过这两个字来解读其中的内涵，实在是一件很困难的事。因而，对于"无为"，历来是众说纷纭、莫衷一是，公说的在理，婆说的也不违理。

任何人的理解都未必能完全代表别人的理解，我也不例外。在我看来，"无为"的确可圈可点，是"智慧之为"，可我能够让别人都认可我的理解吗？哲学这东西比较深奥，一般人整不明白，我也不例外。自己都整不明白的事儿，还试图让别人整明白，当然更难了，我同样不例外。所以，本就不大勤快的我，懒得做吃力不讨好的事，索性养养神，丢开《道德经》，不跟老子谈什么哲学，咱谈谈艺术。尽管艺术咱也是外行，但毕竟这东西相对直观一些，只要不是耳聋眼花，大抵能感受得到表象。

字面上理解，无为就是"不干"，就是"没有作为"。什么叫作不干？什么叫作没有作为？且来侃侃琴文书画。这里要声明，正规地讲，本来应该说"琴棋书画"，奈何，下棋是你一着我一着来回式的功夫，如果少下一棋，一般人不大舒服，觉得是明显的让棋，好像自己明摆着技逊一筹，于是我把大众的"棋"换成了自己的"文"。

音乐是声音的组合，然而，不是一个劲地发出声音就是尽了力，有的时候还得请出休止符，"此时无声胜有声""于无声处听惊雷"，看似不开口了，不动手动脚了，听不到声音了，却有一种充满质感的声音继续传来，并贯通了整个乐章。

文章是文字的串联，没有文字自然不成文章，然而，有言"不着一字，尽得风流"，某些时候，适时罢笔，戛然而止，不写得那么透彻，剩下的意思让读者去填补，反而会有意想不到的妙处。坊间盛传，某小说家喜欢在作品中适当部位标注："括号，此处删去500字"，据说同样很有看点，成了整个情节中不可或缺的重要部分。虽然，这段无字天书任由读者用想象去填写，却是一千个读者里有一千个括号，可谓是余意不断、余音绕梁、余味无穷。此位小说家是否真有未删版，不做考据，但其做派其实也是一种"无为"，他是像煞有介事地告诉别人："我并非无为啊，我是真为了，但怕有伤风化，我只好删掉了。"假作真时真亦假，效果达到了，真相就不必穷究了。

山水画常常留有空白，有人请人作画，看见纸上许多地方没有着墨，觉得不合算，浪费了他的好纸，认为是作画者偷工减料，不大舒服。就像一位乡人，医生给她开了中草药，她嫌少，总要琢磨着偷偷再抓上一把。他们不明白，画页上留出的空白，专业术语称之为"气眼",一幅画如果满满的,没了这个"气眼",整个画面就给堵死了,被"闷"住了,反而呆板。这就是说,不着墨本身就是墨,它是整幅画的有机统一体,与点染处彼此呼应,共同成就了艺术的感染力。至于多抓一把药,超量了,弄不好会要了性命,这不是艺术,不展开说了。

与山水画一样,同是国粹的汉字书法,特别是草书、行书,也有"无为"的元素。外行人看书法作品,每每以为书家没钱买墨买笔,或者不大严肃,用的是枯笔,掉了不少毛。总之,笔画中丝丝露白,没有连缀起来。他们哪里知道,笔好得很,墨也满砚台,这种"装穷"式的笔法,美其名曰"飞白",纯属有意为之,是"此处无墨胜有墨"的技巧使然。

这么一说,本质上讲,"无为"也是"为",是在不作为中体现作为。看似用心不够,其实是用了内功,通过制止自己的冒失而成全了某个取向。时人所谓"方向错了,停止就是进步",或许正合此理。照此说来,咱有时双目微闭,可别以为是消极怠工啊。呵呵。

达人·明待人至理

生如夏雨。一阵雨，是滋养万物，还是洪流翻滚？一个人，是令人愉悦，还是人皆嫌弃？「己欲立而立人，己欲达而达人」，与人相处，宜如和风细雨，宽容、友善、透明……彼此真情相待。

为人谋而不忠乎？

与朋友交而不信乎？

传不习乎？

本卷要目

谈低调

"水能善下方成海，山不矜高自齐天"，诸如此类关于低调的醒世名言，可谓恒河沙数、不胜枚举。过来人以切身经历，用简约的语句

木秀于林，风必摧之；堆出于岸，流必湍之；行高于人，众必非之。前鉴不远，覆车继轨。

——[中国·三国]李康（约196—265）

概括低调的理由，希望后来人能规避曲径。然而，"唯恐无人能识君"，高调者大有人在，"后人复哀后人"也就生生不息。

人要清醒，自知者明。高调者不自知，自然不明。山外有山天外有天，很多时候，相对于别人而言，你的波峰也许只是人家的波谷。即便你所处的波峰不仅海拔高，相对高度也不低，也用不着大声嚷嚷。毕竟，人生如潮水，潮涨潮落，波峰波谷总寻常。偶有所成沾沾自喜，看不到高峰之后的低谷，大喜过望的下一步，自己的神话或许就成了人家的笑话。

高调讨人嫌，也就容易惹祸。真以为自己好生了得？"武功再高，也怕菜刀；手段再强，暗箭难防。"过于心高气傲，得意扬扬，不可一世，祸殃其实已经萌生。别说强悍者，即使是所谓的弱

者，一旦爆发也是势不可当，能量不可小觑。俗话说，打赤脚的不怕穿鞋的；《共产党宣言》里有言，无产阶级失去的只是枷锁，得到的却是整个世界。雅俗共赏，殊句同义。《资治通鉴》记载，魏文侯的老师田子方有一个见解，说的是，只有贫贱的人才能够对人骄傲，因为贫贱的人到什么地方还是贫贱，他不会失去什么。既然如此，高调还有什么理由呢？高调又有什么意义呢？

从某种意义上说，做人高调其实是心虚。底气不足，就自个儿把调门拉高，"猪鼻子插葱——装象（相）"，殊不知，低调的优秀才是真高调。有的人一阔脸就变，有钱就任性，有权便张扬，其实是不明事理，不知天高地厚。信息时代，些许动静天下知，因为高调而栽跟斗的大有人在。尤其是公众人物，若是痴迷张扬甚至飞扬跋扈，眨眼间便在高光中从巅峰跌入深渊，人生自此产生云泥之别！

高与低，分寸之中见智慧。古人讲："攻人之恶毋太严，要思其堪受；教人以善毋过高，当使其可从。"高调与低调，虽然不是"攻人之恶""教人以善"，但同样要考虑别人的感受。感觉对头，才容易让人接受、接纳，人与人相处就会愉悦，很多事情就好商量。

谈宽容

> 一个伟大的人有两颗心：一颗心流血，另一颗心宽容。
>
> ——[黎巴嫩]纪伯伦（1883—1931）

人们常说"外圆内方"，大意是，一个人内心要有操守，棱角分明不含糊，但与人相处则需要融通，要有基本的宽容，偶尔碰撞了也不会撞出个大疙瘩。所谓"外面和气一点，内部是钢铁公司"，也许就是这个理儿。

宽容是一种愉人悦己的美德。这一美德，既让别人如沐春风，也让自己心情释然，从而促进相互间和谐友爱，增添生活的美丽。

宽容表现为胸襟开阔、宽厚大度。宽容者以厚道做人、真诚待人为守则，不刻薄，不刁钻，不斤斤计较，即便别人理亏在先，也容得下、受得了，而非得理不饶人。

宽容源自悲悯情怀。每个生命都活得不容易，每个举止都有其理由，学会站在别人的立场来思考问题、分析问题，会更容易理解别人的言行。

宽容的现实依据在于世界的差异性和多样性。求同存异，为着共荣；化异求同，需要境界。世界原本多样，世间事理原本就未必是非此即彼，并存互补、融合扬弃才是本相。如果暂且不能化异求同，不妨先用宽容来存放差异。

宽容的基石是自信。自信的人，才能够真正把心放宽。因为拥有自信，因为看得长远，即使别人占了点便宜，也能坦然对待。是啊，路还长着，何必过于在意一时的得失？

宽容不宜受到怠慢。不发脾气不等于没有脾气，未予反击不表示不能反击。弹簧压得太紧，一旦反弹，力量会很大，千万不要漠视别人的宽容。宽有距，容有量，宽容是有限度的。打了别人的左脸，绝不意味着可以再打右脸，要尊重并善待别人的宽容。

谈友善

新春佳节，短信如云。其中有那么几条，主题相近，都与善良有关，不免让我思考起友善这个话题。

> 谁要是在世界上遇到过一次友爱的心，体会过肝胆相照的境界，谁就是尝到了天上人间的快乐。
>
> ——[法国]罗曼·罗兰（1866—1944）

有人说，女人往往富有直觉，聪明而有文化的女人尤其如此。这么说来，我应该感到非常开心。因为，有这样一位佳丽发来新年短信，"善者行远"，就这么寥寥数字，似乎是对我的观感，或者鼓励。

手机短信，自然说不上力透纸背，却是真墨无香。"善者行远"，这是有诱惑力的。冠冕堂皇的话不一定可以打动人心，许多时候，人往往趋于功利。不过，就算你很功利，"善者行远"同样可以引领你友善待人。不管出于何种动机，"行远"这样的结果总是好的。毕竟，生活在一个友善的社会里是令人愉悦的，可叹，不少自以为聪明无比的人，却每每将善良当作无能，信奉"马善被人骑，人善被人欺"，远善近恶，力拒和谐，让人心寒。

与人为善，似乎是与生俱来的基因。从小到大，总有人说：

"你这人太善良了。"有意思的是,有直系先祖名"人恕",我还曾为其墓地题嵌名联:"人宗作古遗丰泽,恕道传今续惠声。"我觉得,友善没什么不好,俯仰无愧,不害人,坦然!但也有人说,善良要看对象,具体问题具体分析,一味地以德报怨,也不是正道。细细想来也是,行善宽恕,以德报怨,前提是对方幡然悔悟、痛改前非。正如先贤所谓"圣人执左契而不责于人",有德者手执借据却不逼索于人,因为施德不求报、得理能让人,所以不逼人太甚,但一码归一码,借据还是要拿着,不能随便放把火烧了。友善是有法则的,这个法则就是:既有肚量、容人之过,又有原则、不贰过。

必须看到,友善并不容易。人性中有一个弱点,即一旦双方有了过节,往往容易将对方看得太坏,由此心有千千结,疙瘩总也解不开,甚至无端生出无明业火、睚眦必报。其实,人都是有善根的,人人身上都有善良的因子,只要激发出来,每个人都会很可爱。即便遇上不肯点头的顽石,行善亦是多数人的追求,而这,也是人类持续前行的基本动力。

这个春节同时收到短信"德兰修女戒律",其中有这么几句话:"人有时是毫无逻辑不讲道理的,但还是要爱他们;做好事,别人有可能会说你动机不良,但还是要做好事;坦诚也许让你受到伤害,但还是要坦诚;你帮助的人或许会攻击你,但还是要帮助他们;君子有时会被小人击倒,但还是要做君子",说得可谓是入情入理。当然,能够始终躬行并非易事。据悉南怀瑾先生有一句名言,叫作"看得破,忍不过,想得到,做不来",有时候到了具体的境地，关于行善的良训可能会被抛到九霄云外。

实践反复告诉人们，仇上加仇绝非真本事，以德化怨才是硬功夫。上善若水，真正有大智者总是在拈花一笑中抚平一切创伤。有短信这样写道："人，相互依靠则倍感温馨；事，相互帮忙则变容易；情，相互牵挂则沁人心脾；路，共同行走则风景美丽"，这是对友善待人的最好诠释。师友方兄则有与时俱进的春联，同样充满着对友善的垂青——

围脖难给力，良知处世，冬日终过去

神马非浮云，真诚做人，春天已到来

谈佩服

赞美好事是好的，但对坏事加以赞美，则是一个骗子和奸诈的人的行为。

——[古希腊]德谟克利特（约公元前460—公元前370）

佩服的对象多是指别人，当然也可以是自己。佩服自己，可以提振自信心；佩服别人，则可以让我们更加阳光地生活。

上午参加一个大型纪念活动，并观看了文艺演出。其间，边听熨帖的歌词与朗诵诗，边看到位的演唱与真功夫，赞叹之余，我不禁发出如斯感慨：要经常地佩服别人。

每个人自有其优点，每个生命都有其可爱之处，每个人身上都或多或少地折射出人性的光辉。"实践悟灼见，高手在民间""闻道有先后，术业有专攻"，哪个领域都有高人，民间同样如此；"姜是老的辣""有志不在年高"，哪个年龄段都有高人，无非是谁先谁后而已。谦逊一些，既不高看自己，也不老是对别人不服气。

我们应该学会欣赏别人，用心谛听别人发出的声音。如果这也不顺眼，那也瞧不上，对别人充斥着责怪与非议，就不仅有碍于生活的和谐，还会加剧我们内心的躁动，增添无穷无尽的烦恼。相反，经常地佩服别人，就容易从别人的长处中汲取营养，就容易育得包容万物的大胸怀，就容易感知到庸常生活的无限趣味。

多年前，一位中学同学送我一张旅行照片。我注意到，背景中的石壁上镌刻着"常随佛学"四个大字。其实，每一个人都是一尊佛，他们身上都潜藏着值得我们佩服的闪光点，也都可能会有佛光闪烁之时。

谈情感

> 一个人为情感所支配，行为便没有自主之权，而受命运的宰割。
>
> ——[法国]笛卡儿（1596—1650）

大千世界，悠悠万物，两字以蔽之，无非"事"与"情"而已。如果要再加上一个字，那就是"理"。事与事、情与情、事与情之间的关系，实质上都是一个"理"字。

与"事""理"相比，"情"应该是人的第一属性。一切终将逝去，唯有真情永存。人之可贵，乃在于情，情真意切，人生才多了生趣，没有情感的人生注定是孤独乏味的人生。人应当有情，否则便与禽兽无异，甚至禽兽不如。举凡成大事者，多为至情至性之人。因为唯其至情，方有大爱，方能全身心投入干事创业之中。

事，情，理，最难理得清的似乎是情。人固然不可无情，但用情不可不慎，更不能滥情。感情处理不好就是险情，古往今来，出于用情太深，出于情迷意乱，为情所累，为情所惑，为情所困，误却多少英雄身！悔了多少情中人！

防范为情所误，关键在于抓住两个节点。一是慎始。情如火一般，一经点燃，难以自持。为此，在不适宜的情怀萌动之时，就应当立即用如冰般冷静的"理"来冷却，以免"情"燃旺之后烈焰冲天，不能自拔。二是有度。用情要讲原则，凡是突破底线的情，必须毫不迟疑地予以了断，以防招祸贻害，毁及双方已有的情，断送双方未了之情。

谈婚姻

> 婚姻的爱，使人类延续不绝；朋友的爱，使人类达到更完美的境界；淫邪的爱，则使人类败坏堕落。
>
> ——[美国]爱默生（1803—1882）

俗话说"男大当婚，女大当嫁"。婚姻是天道，也是人道。说是天道，因为顺应阴阳相和、雌雄相配的自然法则；说是人道，因为合乎共组家庭、同舟共济的社会规律。

人类社会之所以形成婚姻制度，离不开长远的忧患意识。不考虑将来，结婚便不仅多余，而且愚蠢。毕竟，大多数人内心里都希望天马行空、无拘无束，而结婚无形中让人多了一条锁链、一份约束。照此而言，结婚当然是画地为牢，给自己找紧箍咒，这岂非愚不可及？然而，如果看到长远，看到人生中的不确定因素，特别是看到人生旅途上可能遇到的逆境与困境，比如患病、衰老这些难以规避的情形，则会感觉到，结婚的确很有必要。说得更具体或者功利一点，结婚的重要意义也许在于找一位同行的伴侣、觅一根救急的拐杖，以便必要时可以互相搀扶，彼此有个照应。这也许是人类社会几千年来得出的一个基本结论，是人类走向文明、区别于其他动物的重要标志。

为什么结婚？归结到一个字，便是有所"依"。结伴而行，白头偕老，相依为命；婚育儿女，生命接力，老有所依。少壮时人们一般都可以自食其力，对结婚的重要性或许觉察不到，一旦病衰，则会有相当真切的体会。也就是说，独身主义、同性恋、丁克族，诸如此类，虽然都是人生的一个选项，但异性婚育无疑应该是第一选择！因为异性婚育，可以解决其他选项无法解决的问题。健康无所谓，衰病时已迟；顺境无所谓，逆境问谁人？于生命个体，婚育应该顺时而为，不宜耽误。放大到人类社会，家庭是社会的细胞，和谐的婚姻，内以事亲孝老，外以奉献社会，人间才会充满温情、生机盎然。

如何对待婚姻？坊间有语："嫁鸡随鸡，嫁狗随狗。"这话似乎带有性别歧视，但一个"随"字，从本质上强调了维系婚姻稳定的重要性与方法论。无论是嫁女还是招郎，如果不"随"，婚姻中的双方就势必难以长久地走到一块去。当然，婚姻既然是双方面的，"随"同样也应该是双方面的，彼此都要共融互通、相向而行。那么，婚姻怎样才能保持长期稳定？就汉字构造看，"婚"字左女右昏。有"女"无须赘言，普遍性的婚姻必定离不开女子。为什么与"昏"有关？似乎让人费解。仔细想想，这其实道出了婚姻长存的秘诀。一个人自己尚且有时跟自己过不去，何况不同的人？两个生命个体长期生活在同一个屋檐下，再怎么性情相投，一事当前，也难免会有不同的态度、不同的取舍，双方之间难免存在摩擦。这就要求，维系婚姻关系少不了"昏"，双方至少要有一人

"脑子不够清醒""难得糊涂"，对对错错不过于较真。

"不哑不聋，莫要成婚。"婚姻需要包容和妥协，如果双方都任性执拗，这也看不惯那也瞧不顺，各执一端、互不相让，凡事都要辩出个子丑寅卯，甚而无休止地举一反三、放大争议，最终的结局，不是各行其是、貌合神离，就是撕破脸皮、分道扬镳，早晚是要散伙的。夫妻双方要善于装聋作哑，懂得容忍，学会让步，少斗气、少较劲，生活中无关大体的细枝末节，偶尔睁一只眼闭一只眼。这样，不仅自己内心清静、乐得轻松，并且，纷争往往随着时间推移转瞬即逝，顷刻便烟消云散。越较真越没完没了，搁置争议、淡化处理，渐渐过去了，反而慢慢了无痕迹，又是恩爱如初，这样的婚姻往往更为持久。实际上，生活中一些争执毫无意义，事过之后回想起来，自己也觉得匪夷所思，甚至觉得可笑。鸡毛蒜皮的事，较什么劲啊？！

与谁结婚是最美满的婚姻呢？人们喜欢用"缘分"来回答，因为缘分与命运一样，都是无影无踪的，最容易用来解释说不清、道不明的事。芸芸众生，茫茫人海，遇见一个投缘的人，不妨相信缘分使然，应当彼此珍惜，但一旦结婚，则要慎重对待今后遇见的异性，不可轻言此缘甚于彼缘。应该看到，婚姻是有记忆的，并具有排他性，必须做到慎始慎离。没有思考清楚，不宜草率成婚；既已成婚，则不宜贸然离婚。现代社会离婚率高，婚变屡见不鲜，尽管有诸多复杂因素，但很重要的一点，在于少了约束、多了机会，纵情滥情有了更广阔的空间。有闲有钱了，交流频繁了，接触异性的机会多了，诱惑多了，掣肘少了，守不住初心的人，没有道德定力的人，必然心猿意马、意气用事，把离婚当成儿戏。人们对独身和离婚的选择权与自主权都大了，是社会进步的表现，但婚变成为常态，于己于人于社会，都未必是最佳的状态。

要不要结婚？与谁结婚？如何对待离婚？……这些问题是人生的重要课题，不容易解决，但人生短短，由不得我们不想清楚、不弄明白、不走稳当。结婚离不开感情，感性是婚姻的重要特征，然而，即便高举追求幸福的大旗，对婚姻保持理性的认知、做出理性的抉择，或许都不是落伍之兆，都是负责任的态度。

谈孝道

你希望子女怎样对待你，你就怎样对待你的父母。

——[古希腊]伊索克拉底（公元前436—公元前338）

"忠"与"孝"，可谓是中华文化传统伦理观念的核心要素，前者事国，后者事家。家庭作为社会的细胞，是社会结构中最基础的单元。自古家国相连，"孝"这一千百年来维系家庭关系的道德准则，由此成为中华文化最悠久最基本最重要的传统伦理观念。古训"夫孝，德之本也"，体现出孝道的特殊地位。有人说，"教者，孝文也"，认为教育的本宗是教人行孝的孝文化，似也言之成理。

孝道其实不需要理由。众所周知，生老病死是每个生命的自然规律，不可抗拒。一个人任凭当初如何强悍，都终要老去，都得仰仗别人赡养。正是如此，讲究孝道是人类的一种需要。除非养老机构极为发达，发达到不仅不必为费用担忧，而且相关从业人员能够视老人为亲生父母，让老年人感受到有血缘联系般的亲情。不然，每一个理智的人，都必定会肯定孝道的积极意义。

孝与不孝如何界定？《孟子·离娄》有言："不孝有三，无后为大。"《十三经注疏》对此解释说："于礼有不孝者三，事谓阿意曲从，陷亲不义，一不孝也；家贫亲老，不为禄仕，二不孝也；不娶无子，绝先祖祀，三不孝也。三者之中无后为大。"照这种说法，没留下后代是最大的不孝。为什么这么说？道理很简单。试想，古时候，孝原本就是薪火相传、代代相继，下一代人侍奉上一代人，没了后代，孝便无从谈起。历史发展到今天，随着经济社会的发展，养儿防老的重要性已有所弱化，"无后为大"的认知也日渐改变。何况，如果生理上有问题，能不能生育，也由不得自己。

孝是一种需要，却不是一件容易的事。因为行孝道是要有条件的，比如精力、金钱。自己身体都不好，或者穷困潦倒，或者公务缠身而忠孝难以两全，在孝敬父母方面无疑要打折扣。古人真是厚道，早就想到了你的难堪，他们说："百善孝为先，论心不论事，论事寒门无孝子。"如果确实出于不可抗拒的因素，无法满足父母的需要，这也无妨，能够尽心就行了。相反，如若心意不到，即使有饭给父母吃有衣给父母穿，也不能说是尽了孝道。孔子在回答子夏问孝时娓娓道来："色难。有事，弟子服其劳，有酒食，先生馔，曾是以为孝乎？"你的态度如果不恭敬，做不到和颜悦色，就算给了父母再多的东西，同样与孝相距甚远。

与"论心不论事"相仿，重视孝道的古人还说了一句既充满人性又有些无奈的话，即"久病床前无孝子"。卧病在床时间久了，服侍的人扛不住了，也许就要生出烦躁情绪。这是一种"需要与可能"的悖论，解决这个缘自一家一户之力不足而引发的问题，必须强化社会关怀，导入社会力量帮助"孝子贤孙伺候着"。

谈育人

教育工作中的百分之一的废品，就会使国家遭受严重的损失。

——[苏联]马卡连柯（1888—1939）

所谓"养不教，父之过；教不严，师之惰"——身为父母，把孩子生下来了，养与教都是应尽之责；作为老师，教书育人，乃是本职工作、使命所系。对孩子来说，初来乍到，"人之初，如玉璞；性与情，俱可塑"，塑造得怎么样，关乎百年人生路。因此，育人不可不为，不可不善为！

对育人的重要性，大抵是没有争议的，然而，育人这事知易行难，究竟怎么培育，却是众说纷纭、见仁见智。实践中，有轻轻松松貌似无为而治的，有忙忙碌碌最终把人给废了的。劳而无功，多劳未必多得，这似乎是一个悖论！

育人最忌急功近利。成长是有规律的，心急吃不了热豆腐。如果成年人罔顾差异，挟着自身几十年的阅历，单方面按自己的思维要求孩子，难免不着调。多换位思考，孩子就是孩子，没那么多经历，没那么复杂，怎么能够一跃而上，跟上成年人的思想？长辈的心情可以理解，热情可以高涨，该有的过程却还是省略不了。过来人大多深有体会，小时候多学习，多一些积蓄，其实都是营养，即使"只是当时已惘然"，将来也会"死灰复燃"，适时唤醒记忆，滋养自己的人生。因此，不必着急，让孩子按固有的节奏成长。标准高些，要求严些，不是不可以，但不宜揠苗助长。

情理交融才能达到共鸣，育人倾向于和风细雨、润物无声。棍棒之下也许出孝子，但同样也出逆子。在成年人面前，孩子约略算是弱者，成年人吹胡子瞪眼，难免让孩子紧张兮兮。当孩子心生恐惧时，他们能够静下心来琢磨课业吗？这时，他们只能明白自己没有做好，至于别的，恐怕难以入心，除非根本就把你的愤怒当作了耳边风。并且，长期处于训斥中，除了让思维日益迟钝，还会渐次适应，由心理疲惫而"百毒不侵"，久而久之，原本尚且具有震慑作用的发脾气，必然失去效力。如果产生逆反心理，甚而可能干脆破罐子破摔。所以，施教者宜控制脾气，训斥与棍棒倘若确实在所难免，也只能有限次地使用。用多了必然失灵，终至黔驴技穷干瞪眼！

实践证明，环境对人的性情、对教育的影响力不可小觑。一方水土一方人，各类宗教的产生地生存环境普遍不大理想，就说明了这个道理。《晏子春秋·杂下之十》讲，"橘生淮南则为橘，生于淮北则为枳，叶徒相似，其实味不同。所以然者何？水土异也"，则是关于环境影响力的"千古之论"。人出生时，"性相近，习相远"。"习"受到环境的感染，所以要"择邻处"，以期耳濡目染、近朱者赤。"昔孟母，择邻处"，正是在这个指导思想下做出的选择。

环境是多层面的，学校、家庭、社会，形成合力才能高效施教。如果各方面配合不力，甚至"天鹅、梭子鱼和虾"，各行其道，老师说要诚实做人，家长说老实人吃亏，社会上欺善怕恶之风盛行，教育的成效难免大打折扣。学校教育、家庭教育、社会教育，三者还应该按照各自分工，各司其职。课程教学本是老师的职责，如果学校推给家长，或者家长老是越俎代庖，结果也往往不尽如人意。

真正的教育乃是自我教育。叶圣陶先生曾经说过："教是为了不教"，"不教而教"是教育的最高境界。自我教育，就是一种兴趣与自律融合共生的学习习惯。育人者特别是家长，应该把更多注意力花在孩子习惯的养成上，让孩子学会"自我学习、自我管理、自我约束"。孩子就像是一盆花，在阳光雨露下自然会茁壮成长，家长的责任是让他能够见光沾雨，必要时施点肥。另外，每个人的成长自有其各自的轨迹，很难复制出某种特定路径，何况时移世易，孩子与成年人的少儿时期并非处在同一时代！

教育孩子，必须了解孩子、尊重孩子，在这个基础上因势利导引导好孩子。如果任意随自己的性，扼杀孩子的天性，按照自己的意愿依葫芦画瓢，而这葫芦又并不出类拔萃，那就南辕北辙了。

谈摆谱

摆谱可以说是人类社会的一大奇观。什么叫作摆谱？摆什么谱？不知这个"谱"本义是不是家谱？在旧时中国，出

> 一个有教养的人是不轻易炫耀他肚子里的学问的，他可以讲很多东西，但他认为还有许多东西是他讲不好的。
>
> ——[法国]卢梭（1712—1778）

身是很被看重的，所谓"龙生龙，凤生凤，老鼠的儿子会打洞"，就连因缘际会中黄袍加身的人，许多也不怎么自信，非要想方设法与史上某位同姓名人套上血统关系，方才腰杆儿硬。这个"摆谱"，就是把家谱摊开，看谁的"谱大"，比谁的祖上荣光，以此证明自己挺阔或者祖上曾经阔过。

上面是我揣测的本义，现在的引申义，也就是大家心目中的普遍性意义，经查阅词典，大概可以概括为装腔作势，摆架子，装门面，晾排场，显示自己很风光、有派头。当然，不可否认，许多摆谱者确实在某些方面胜人一筹，但他们生恐别人看不出来，需要借助夸张性的做派有意提醒人家看到这一点。

或许是摆谱很能给人快感，现实中摆谱的人比比皆是。穿金戴银吆三喝四，开着名车招摇过市，打着官腔像煞有介事，在这些

人看来，如果不够引人注目，自己的光鲜之处就会黯然失色。所谓"富贵不还乡，如锦衣夜行"，混得那么有脸，却没人赏脸，这脸往哪儿搁啊？

摆谱当然不是什么优秀品质，要不古人怎么会劝诫我们要谦卑？古往今来，当然也有许多人不仅不摆谱，反而相当低调，要不古人怎么会劝诫我们不要以衣帽取人？其实，想明白一些，每个人的人生虽各有千秋，但都有顺境和逆境，无非各自所处的发展阶段不同而已。这就是说，摆谱没有必要，你今天也许多一些优越感，第二天起来或许就换了个位。何况，大家都是食人间烟火的凡夫，即便是所谓有头有脸的人，脑门上也没贴标签，如果彼此不认识，又没人介绍，遇上负责任的门卫，照样也会给拦下来。

摆谱不足取，可为什么有人热衷于摆谱？这还得透过现象看本质。且看各个摆谱实体，他们往往内心极端孤寂，总担心被世界遗忘，不弄出一点声响就会掩盖他的金贵。再往深层次分析，我在年少时即有一个发现，叫作"虚荣心强往往自卑感重"。别看摆谱者那熊样，他们恰恰在某一方面充满着强烈的自卑。

由此看来，摆谱的人有些可怜有点贱。面对摆谱者，你可不能为着争上一口莫名其妙的"气"，也来摆谱。也许你会说，这些人太贱了，不抖抖威风，不发发脾气，还以为你软弱可欺。大可不必，道理很简单，这样一来你也犯贱了。何况，实力如何，靠摆谱是抖不出来的。在明白人看来，一切的摆谱，不过是猪鼻上插葱般的笑话而已。

谈冲动

冲动作为内心情感的猛烈暴发，本是自然生理现象，且可激励人们有所追求，不值得大惊小怪。然而，一旦逾越红线、失去了必要的理性，沦为难以驾驭的感情用事，则成了病态，这是万万要不得的。所谓冲动是魔鬼，也即平常人们说的冲动，指的是后者。

> 人最重要的价值在于克制自己的本能的冲动。
>
> ——[英国]塞缪尔·约翰逊（1709—1784）

人世间太多太多的痛心，太多太多的追悔，太多太多的自责，都与冲动有关。有的杀人犯，只因一时气不过，怒从心头起，恶向胆边生，神经短路，乱了阵脚，一失足成千古恨；有的受贿者，只因一时觉得盛情难却、收下无妨，乱了原则，从此前后两重天；有的越轨人，只因一时鼻子犯了错、眉目传深情，乱了方寸，苦果由此长相随。当断不断，反受其乱；雷池一越，粉身碎骨。人生在世，楚河汉界，一旦冲破，从此就没了自我辩解的理由，这是一种客观现实。也正是如此，人们必须为自己的冲动埋单，必须因自己一时的冲动而接受长久的惩罚。

此情可待成追忆，再回首是百年身。冲动的代价是高昂的，对于短暂的人生来说，甚至可以说是残忍的。自知者明，清醒者有定力，一个人应该心定神宁，守得住心，安得了神。即便有人唆使作梗，自己的耳根也要硬起来，恭维面前不忘乎所以，指责面前不乱方寸，任何时候都不轻易动摇自己的准则。

冲动是一种突发行为，如狂风骤雨，来得快。如何防止急火攻心，如何规避利欲熏心，如何远离意乱情迷，如何杜绝一念之差犯大糊涂，由此落得个"此恨绵绵无绝期"，也就每每成为人们目睹悲剧痛定思痛之后的思索。

一般而言，冲动最容易发生在两种状态之下。其一是自身太强势了，要风得风要雨得雨。这个时候，一个人容易忘乎所以、得意忘形、胆大包天。其二是心情太郁闷了，雪上加霜厄运连连。这个时候，一个人容易心浮气躁、暴跳如雷、不计后果。对待前者，聪明人的办法是清心远欲知止慎取；对待后者，聪明人的办法是百忍成钢克己制怒。一言以蔽之，心海如潮水，能"静"自然"平"。光鲜之时尤须自警自重，防冲动于未萌。古人说："风流得意之事，一过辄生悲凉！"面对各色诱惑，更宜淡然处之，否则便要老马失蹄。

心静并不容易，抑制冲动因而颇费功夫，因冲动引发的悲剧因而屡见不鲜。如是我云：做人难，做一个冲动面前面无表情、冷若冰霜、呆若木鸡的人，难上加难！

谈仇恨

观看电视剧《天师钟馗之青蛇有泪》，剧中讲述青蛇修炼百年，仍难消心头之恨，念念不忘当

> 冤家宜解不宜结，各自回头看后头。
>
> ——[中国·明朝]冯梦龙（1574—1646）

初的仇敌法海，一心要找已经转世成另一人的"法海"复仇。边看边想，不禁思考起"仇恨"这个话题。

面对奇耻大辱，报仇雪恨是要的，否则便失了血性，没了是非，丢了正义。然而，是不是要仇视到海枯石烂，特别是当对方已经幡然醒悟表示和解时，或者对方已经化为一缕青烟一撮黄土时，还要一意孤行、得理不饶人？对于那些本是鸡毛蒜皮的磕磕碰碰，是不是也要睚眦必报，方才显得是"好汉不吃眼前亏"？

俗话说，冤家宜解不宜结，可见，在许多人眼里，尽可能化解仇恨，是一种应有的态度。为什么要化解？因为仇恨实在不是什么好货色，它让人眼盲耳聋，使人心智蒙蔽。在仇恨支配下，一个人心中往往唯剩杀气，其他一切都会远去。于是，仇恨使人疯狂，在冲动这只魔鬼的驱使下，仇恨者一生都在复仇当中。"冤冤相报何时了。"事实表明，仇恨平息不了仇恨，它只会制造更大的仇恨，

延展更多的怒火。并且，如果一个人心中只有仇恨，在无休止的仇恨中生活，人生也会失去生趣。

实质上，爱与仇原本只是一墙之隔。所谓"爱之深恨之切"，许多仇恨的前身都是深重的爱。当初如此深情，如今这番仇视，仔细斟酌起来，后来的仇视不是表明自己非常愚蠢吗？假若真有深爱，为什么不可以是"爱到深处无怨尤"？就算那些与爱没有渊源的恨，其实往往也是因为近邻，有机会"制造仇恨"所致。众所周知，牙齿只会咬及自己的舌头，而不会咬着鼻子，因为舌齿本相依。这么说来，能够结怨也是一种缘分。既然如此，为什么不让这个缘分生出一些亮丽的色彩呢？

正确对待仇恨是一种智慧。正是如此，古往今来，相逢一笑泯恩仇者大有人在。我自知修养不高，清人林则徐所说的"制怒"功夫欠缺，遇见让自己不痛快的事情，急火攻心，也会有"怒从心头起，恶向胆边生"之时，但我基本上可以做到"5分钟愤怒"，如果不涉及大是大非，冷静之后我会容忍，并渐渐地淡忘，直至后来自己根本就想不起当初与人有过什么纠葛。

人生何其短，何必苦苦恨！对于那些没什么大不了的仇恨，能够淡忘的还是淡忘吧。没有仇恨的人生，应该会轻松许多。

谈人言

但丁有一句名言，叫作"走自己的路，让别人说去吧"。这话听起来大气，体现着洒脱，展

> 信言不美，美言不信。
>
> ——[中国·春秋]老子（约公元前571—公元前471）

示出豁达，让人在豪迈中坚定自己的追求。然而，现实告诉我们，"人言可畏"，舆论的力量是强大的，别人议论多了，在某段时期内，稻草或许也会被视为金条，反之亦然。

大概不少人吃过受人诽谤的亏，于是传下了"众口铄金，积毁销骨"这样高度概括的成语。造谣生事，大肆诋毁，白的变黑，一切皆有可能。就算正面说的"金碑银碑不如老百姓的口碑"，同样表明，别人的话很有威慑力。有人说"好在历史是人写的"，这话大概指的是，你可以颠倒黑白，却不能改写历史，历史是公正的，真相终将大白于天下。这个道理是不错的，最终的结局也大抵如此。可是，当鬼写的历史真相大白后，被歪曲的人或许早已化作尘土。这就是说，一切中伤终将被证明纯属捏造，但它们却可能在某个阶段被当作了事实，由此给被歪曲者造成莫大伤害。诸多活生生的事实表明，正义尽管不会缺席，然而，它的迟到已经制造了悲剧。

　　"人正也怕影子歪"，因为谁都未必能够随时站在某人面前，让某人知道他是一个大写的堂堂正正的人。许多时候，某人只能看到他的影子。有人正是利用了这个"时间差"，指着他的影子说，这就是他本人。澄清需要时间，而待到时间攒够了，我们却或许已丧失了生命的空间。等不及，洗不白，翻不了，这便是"人言可畏"之处。对此，办法在哪？一是认真做人，断了尾巴，自身过得硬；二是净化风气，倡导正气，别人靠得住。

谈谣言

专家们还在苦口婆心地告诉社会大众，日本大地震引发的核泄漏不会对我们造成影响，没料，另一场波动却席卷而

> 谣言世家的子弟是以谣言杀人，也以谣言被杀的。
>
> ——[中国]鲁迅（1881—1936）

来。大江南北，忽然间出现抢购食盐的风潮，据说诸多超市食盐货架挂起了免战牌。空穴来风，谣言真是太厉害了，这不禁发人深省。

第一，谣言貌似有理。谣言能够被许多人相信，自然有其原因，这就是，谣言虽然没有事实存在，但在理论上却貌似合乎逻辑，或者说，其推论过程中存在某些众所周知的事实，不然它就不会有市场。比如此次盐荒，有两个为人熟知的事实，一是日本的确发生了地震，二是的确存在核泄漏。

第二，谣言传播极快。人类的某种固有天性决定，谣言不长脚而日行千里。"三人成虎""众口铄金"，人们常常以为，真理总是掌握在多数人手中，于是，每当多几个人信谣传谣，谣言便很快如同病毒一般疯狂扩散。特别是信息时代，电话、手机短信、互联网等现代传媒，很容易使之呈几何级疯长，在短时间内走遍世界。

第三，谣言危害巨大。"好事不出门，坏事传千里"，谣言中所表述的内容往往都是让人担心的事，也就容易制造不稳定因素。诸多集会场合发生的踩踏事件和严重骚乱，便发端于某个人一句原本只是玩笑却让听者担惊受怕的话。大量悲剧告诉人们，谣言破坏正常的社会秩序，千万不可掉以轻心。应该看到，人们的头脑中总会有空白，真相无动于衷，谣言就将占领。为此，一旦谣言萌芽，就要迅速予以澄清。

第四，谣言止于推敲。谣言既然违背事实，当然经不住推敲。且说此次盐荒，只要稍微思考，就可以感觉到其中的荒谬。我未曾仔细了解人们为什么要抢购食盐，但照我的设想，主要应该出于两点。一是地震污染了海水，食盐产量因之锐减；二是食盐可防核辐射，将会被大量需要。关于前者，日本及其周边不是食盐主产地，海盐也只是食盐的品种之一，产量会由此大减吗？关于后者，即便真要防核辐射，即便真有效果，食盐也只是吃吃而已，你能吃得了多少？生活中只需要那么多的食盐，抢什么抢啊？就算真会涨价，也多费不了几个银子。况且，和平年代，国家还会没有这一点调控能力？国际金融危机都能坦然应对，还能搞不定盐荒？退一步说，如果搞不定盐荒，你要慌的地方还多着呢，家里藏着大量的盐就可以高枕无忧了吗？

可笑啊可笑，呵呵呵；可悲啊可悲，呜呜呜。现在好了吧，经销商可是大赚了一笔，您家里堆那么多的盐怎么办？别慌，想起来了，听说可以炒热来当健身用品，躺在上面睡觉，有助于延年益寿。只是，不知道这是否也是谣言？

谈争让

"争"似乎是人的本性，所谓"树活一层皮，人争一口气"，几多人争得脸红脖子粗，争得伤了和气，争得你死我

夜把花悄悄地开放了，却让白日去领受谢词。

——[印度]泰戈尔（1861—1941）

活，一辈子为争所累，最后争成了一缕青烟、一撮冷灰、一抔黄土。

"争"，大抵两种形式，一是论争，一是战争。前一个动嘴，后一个动手。起初是彼此间恶语相向、唾沫横飞，争得急火攻心，忍不住了，便开始动手，由动舌头转为动拳头，接着动棍棒，规模大了，组成了集团，便动起了枪炮。坦率地说，"争"不是完全不被理解，比如"人争一口气"，这个"争"就争得在理，因为没有气息就活不成，并且，争的对象是物不是人，不碍他人。如果把"气"理解成"骨气"，同样无可非议。可惜，世间之争大多与"气息"或"骨气"风马牛不相及，都是缠着一些"小家子气"怄气，譬如名利之类的身外之物。

与"争"相对应的是"让"：谦让、退让、忍让。胸怀博大，容得下，受得住，退得了。古往今来，许多智者立足全局和长远，

站在宏观的视野和历史的长河中，得出了"争者不足，让者有余"的结论。毕竟，普遍而言，人的智商相差并不大，只要是争，总要结怨，总要露馅。如果自己输于情理，失道寡助，则即便眼前暂时有所斩获，也终将在时间的敲打下一一偿还。

换言之，"让"不是示弱，是自信。谦让者懂得，人都有善根，都能明理，如果多站在对方角度考虑问题，尊重对方，对方不会变成对手，自己便少了算计与被算计之烦恼，所以，退一步海阔天空，无关大体之处，让他三尺又何妨？他们还懂得，"风物长宜放眼量"，看远一些，以时间换取空间，退便成了进。他们更懂得，"以其不争，故天下莫能与之争"。你不争，谁能与你争呢？

话说20世纪80年代初，西风东渐，兴起了跳舞热，当时经常发生为争舞伴而打架的事件。大概出于这个考虑，1980年6月14日，公安部、文化部特意联合发文，要求"公园、广场、饭馆、街巷等公共场所，禁止聚众跳交际舞"。后来我从教时，班上曾有某女生长相颇佳，据说也有小男生在舞厅为她争风吃醋，结果白刀子进红刀子出。咱不进舞厅，不争，谁会与我争呢？

关于争让，还有一句至理名言，叫作"不争是最大的争"。比方说，大家种油菜，你不与之争，改种花生，结果物以稀为贵，走了冷门，花生油卖了高价，反而大获成功。这似乎有点诡诈，让人对不争者敬而远之，甚至鄙视。其实，这并非不争者的本意，而是无意插柳柳成荫，谦让成就了谦让者的成功，或者说，这是上苍对不争者的恩赐。油菜与花生，这个类比不是很恰当，但道理大抵如此。

谈敌友

很多年了，老家的房子也早已被夷为平地，然而，至今清晰地记得，其时饭厅北墙刷了一块白板，上面写着几行红色语录："谁是我们的敌人？谁是我们的朋友？这个问题是革命的首要问题"，右下方还署着一笔连成的"毛泽东"几个字。

一个聪明人从敌人那里得到的东西，比一个傻瓜从朋友那里得到的更多。当竞争与敌视同你比邻而居时，谨慎就会茁壮成长。

——[西班牙]格拉西安（1601—1658）

白底红字，遒劲有力，一直印记于心。这当然并非毛泽东的亲笔题词，我疑心出自父亲之手。可惜，父亲辞世之前，我没来得及询问。在那个特殊的时代，到处都可以见到毛主席语录。少不更事，这段话虽早在儿时便植入了记忆，却未曾仔细琢磨过。如今阅历渐增，经历了一些风风雨雨，见识了一些是是非非，方才渐知其中有真味。

真佩服父亲的眼光，这可是五卷本《毛泽东选集》第一卷第一篇第一句话啊！他慧眼识珠，把这段话书写在了家中最为醒目的位置，一日三餐，抬头不见低头见。也许，父亲不过是顺应了当时的普遍做法，翻到第一页，信手拈来写在墙上而已，并没有什么特别的初衷。不过，现在看来，父亲至少是歪打正着，选用了毛泽东思想的精髓。"谁是我们的敌人？谁是我们的朋友？"这的确事关重大啊！没有大的冲突尚且无关紧要，但在矛盾尖锐的时候，尤其是战争年代，这可是一个要命的问题。

所谓明枪易躲暗箭难防，最危险的敌人不是宿敌，而是背叛你的身边人。血淋淋的事实告诉人们，一旦背叛，与你越亲近的人便越有杀伤力，因为他们最清楚你的软肋，最知道从哪一处对你发动攻击。也许正是如此，古今中外往往善待降臣而严惩叛徒；也许正是如此，特殊历史时期往往把锄奸当作一项非常重要的任务；也许正是如此，"靠得住"历来被当作一条重要的用人标准。和平年代，斗争虽不那么激烈，通常情况下，也不存在你死我活式的争斗，但人品端正、忠厚老实，仍然非常重要。至少，这种人一般不会搬弄是非，不会坏了大事，让人放心、安心、宽心。

正是在这个意义上说，"谁是我们的敌人？谁是我们的朋友？这个问题是革命的首要问题"，这一理念有其旺盛的生命力。

谈 沟 通

我们要求别人的行为无碍于自己，或者希望别人按照自己的意志行事，可以依靠暴力征服，可以依靠权力命令，但更多的是依靠沟通达成思想上的共振，从而实现行动上的合拍。

> 每一个人都需要有人和他开诚布公地谈心。一个人尽管可以十分英勇，但他也可能十分孤独。
>
> ——[美国]海明威（1899—1961）

理论上讲，沟通是人与人之间、人与群体之间为了达成思想一致和实现情感畅通，而进行的思想与情感传递和反馈的过程。社会是由人们互相沟通所维持的关系组成的网络，沟通至关重要，有效的沟通可以化解分歧、形成共识，让这张网保持良好的张力。

沟通是双向的交流，其基本要件是倾听和诉说，因此，学会沟通，必须做一个优秀的倾听者和诉说者。沟通有技巧，但大巧若拙、大道无道，最高的技巧在于"心诚"二字。有一句广告词叫作"沟通从心开始"，心诚则灵，坦诚相待，沟通就成功了一半。

在沟通中，要把握三点。一是要相信对方的智商。一个人如果总以为世人皆笨独我聪，就放不下姿态，也就绝无诚意可言。二是要尊重对方的利益。不换位思考，不顾及别人的诉求，一味揪住自己单方面的利益不放，沟通自然无从谈起。三是要善待对方的退让。如果别人退让是为了双方能够更好地接轨，自己却忽视这一点，不仅不领情，反而得寸进尺，沟通必然难以为继。

谈忍耐

国人似乎特别推崇"忍"，为此还专门捣腾出"忍学"，推出了皇皇巨著《忍经》。"忍者

> 忍耐是一帖利于所有痛苦的膏药。
>
> ——[西班牙]塞万提斯（1547—1616）

神龟"，能够忍常人所不能忍者常常被看作是非凡之人，尽管也有人视"忍气吞声"为窝囊、无能。

"好汉不吃眼前亏"，为什么要忍呢？原因大抵有二。一是"能忍自安"，忍是平安、自保之举。"忍字头上一把刀，为人不忍祸必招；若能忍住心头气，事后方知忍字高。"大量事实告诉人们，争强好胜，不仅不能笑到最后，而且常常栽大跟斗。俗话说得好，"忍一时风平浪静，退一步海阔天空"，许多时候，忍让人自在、安详。二是"小不忍则乱大谋"。忍，为的是长远的大目标。杜牧《题乌江亭》中写道："胜败兵家事不期，包羞忍耻是男儿。江东子弟多才俊，卷土重来未可知。"一事当前，能够"包羞忍耻"，那是为着"卷土重来"、东山再起。

由此看来，忍既是胸怀，也是智慧。"海纳百川，有容乃大"，遇事宽容，豁达大度，体现出的是修养，而这样的修养本身

便是大智慧。小肚鸡肠，凡事都要占便宜，不仅不现实，也必定会活得火冒三丈、烦烦躁躁。

古人似乎有意要考验后人，关于忍，他们还有一句话，叫作"是可忍，孰不可忍？"这是让人为难的：哪些能够忍受？哪些不能忍受？谁可以一条条罗列出来？迄今为止，我还没发现古人开列出的清单。解决这个问题，恐怕还得请教一个同样难以琢磨的词，这就是"度"。

凡事都要把握度，忍还是不忍，也要讲究"两个度"。一是相处度。一般而言，对于别人身上确难忍受的缺点——如果打交道少，就装聋作哑吧，反正以后未必会再度遇上，吃一次亏也就算了；如果长期在一起相处，而这个缺点确实不能够长久忍受，那么，与其养痈遗患，不如早点疗治，即使疗治要花大功夫。这就如同牙齿、舌头和耳朵，耳朵不慎被牙齿咬了，概率小，忍之无妨，而舌头老是被牙齿咬着，那就得看看这牙齿是否长歪了、该修整了。二是可承受度。对方咄咄逼人，无理取闹，已经超出了底线，自己也多次发出了警示，再忍，可就真的不合时宜了。

可是，究竟什么才是"度"？这个尺度又怎么把握呢？"说易行难"，做，似乎永远比讲要难得多。常人说"做人难"，或许道理正在于此。

谈戾气

从汉字造字法看，"戾"是一个会意字。《说文解字》解析："戾，曲也。从犬出户下。戾者，身曲戾也。"观

> 不到极逆之境，不知平日之安；不遇至刻之人，不知忠厚之实。
>
> ——[中国·清朝]石成金（约1660—1747）

"戾"字而见，一条从关着的门里进出时受到挤压的狗，身体弯曲着。细细分析，它此刻的境遇当然可能有着不同的情形及缘由，但无论什么情形，心态不平和、躁动不安，都是共同的表征。

缝隙里看众生，如同井底蛙仰望星空，信息难免片面。于是，因为视角偏颇——便老以为来来往往的众生都与它过不去，都在看它的笑话；以为它是最委屈的，只有它才有如此糟糕的际遇，别人都畅通无阻、吃香的喝辣的；以为它的身体受到挤压，一定是众生的错，众生都欠了它的，因为众生没有为它把门打开。于是，它心态偏激、行为偏执，如怨妇毒夫般愤愤然也。前人概述的"不悔前过曰戾，不思顺受曰戾，知过不改曰戾"，虽然未必全、未必准，但都表明"戾"绝不是什么好东西。

心平气和有益于身心健康，心齐气顺有助于社会和谐。然而，

不知是信息发达方便了"坏事传千里",还是快节奏时代下人们的心气确实发生了变化,常常看到戾气导致的悲剧,常常听人感叹戾气之盛。

纵观网络评论区和手机微信群,戾气丛生时有所感。面对热点事件,有的人未经仔细了解事情的真相,甚至根本不看内容,便妄加议论,贸然发表观点。抹黑、丑化、歪曲、调侃,是"键盘侠"的基本功和标配。他们打着公平正义的幌子,立场先行、不问是非,随心所欲诋毁、力挺,甚至不负责任地挑动社会情绪,或无唯恐天下不乱之心,但有制造矛盾冲突之举。有人把这种人称作"喷子",称这种现象为"喷子文化"。这是戾气的一种表现形式,是乖戾,侧重于语言暴力。另一种则是暴戾,表现为行为暴力,身上充溢着破坏性的力量,容易因冲动而擦枪走火。高铁上抽烟、飞机里滋事、发生摩擦即动刀子,凡此种种,均属于暴戾这个类别。

戾气丛生要不得!无论是乖戾还是暴戾,都绝非健康情绪。张口一来就开骂,一言不合就杀人,哪有什么健康可言?戾气太盛的人,往往任性、偏执,甚至狂躁,凡事喜欢走极端,对他人和社会不仅谈不上温柔以待,反而表现出极度的不宽容,说话阴阳怪气,行事凶残狠毒。鲁迅先生曾说:"无穷的远方,无数的人们,都和我有关。"每个人都不要以为戾气无关紧要,而应该明白戾气的巨大破坏性。一个人如果身上经常充斥着戾气,"如入鲍鱼之肆,久而不闻其臭",戾气将渐成常态,固化在性情里。用这样的态度为人处世,必将使自己日益遭致孤立,最终事事不顺,"误了时辰也"。并且,一旦遇上血脉偾张的人,碰上坊间所谓的"硬石头"，还可能因为自己的戾气而"很受伤"，甚至丢了身家性命，血淋淋的例子屡见不鲜。

戾气不足取，又从何而来？浮躁与戾气，作为近些年来人们普遍诟病的两种不良社会情绪，前者侧重对己，后者侧重待人。如果说，浮躁的本质在于内心不和谐，戾气的本质则是以敌视的眼光对待世界。戾气重的人，往往潜伏着阴暗心理，挟带着抱怨心态，习惯于极端思维，热衷于标新立异，偏好于个人主义。凡事以自我为中心，不善于换位思考，对他人不信任、不友善。尤其是面对生活压力，遇到挫折从不反思自己，一味找客观原因；身处信息时代，来自四面八方的信息杂糅在一起，不过脑子，不加分析判断，轻易被不良情绪唆使鼓动；置身虚拟空间，以为穿着隐身衣，神不知鬼不觉，于是无所忌惮、口不择言，想怎么说就怎么说。或许正是这些综合因素的共同作用，让戾气"古已有之，于今为烈"。

必须看到，现实与理想总是存在差距，人生中总会有波澜。人们常说："不如意事常八九，可与人言无二三。"每一个生命都活得不容易，而大多数人每每以光鲜、开朗的一面示人，但我们应该感受到别人背后的窘迫。生活重压下，难免产生焦虑、偶生戾气，然而，必须明白，戾气不仅于事无补，解决不了实际问题，而且往往容易恶性循环，甚至加剧彼此的戾气。因此，必须善于疏导、消解情绪，将胸中的块垒有效蝶变为积极的能量。就社会层面而言，社会心态复杂多样，这是现代社会的普遍现象，本不足为奇，但阳光向上的心态才是有益于社会进步、建设性的心态。要切实强化教育引导，持之以恒培育和践行社会主义核心价值观，着力加强社会心理服务体系建设，培育自尊自信、理性平和、积极向上的社会心态，重塑良好的人文秩序。对乖戾之举，应予以约束，必要时依法依规加以惩戒，给"任性"戴上紧箍咒，不让"垃圾人"大行其道。

作为个体特别是公众人物，则要看到，人在社会上行走，遇见的人、所处的环境，都不可能时时处处围着自己转。如果不合自己的取向，而又不违逆自己大的原则，更多时候需要变通、需要圆融、需要适应。更通俗地说：如果你不能把握别人，就要善于调整自我；如果你无法改变环境，就要学会调节心情。同时要清醒地认识到，每一个人都是社会人，都应当对自己的言行负责。人们常说"平和大气养风水"，谁都有情绪，但决不能情绪化，消解戾气才是智慧之举。要修身立德、谨言慎行，用理性和阳光透亮自己，用积极的心态互相砥砺。信息时代，还要坚决破除侥幸心理，从严自律、慎网慎独。"若要人不知，除非己莫为"，千万不能误读网络空间的虚拟性。只要曾经走过，终将留下印痕，任何懈怠与放纵都不可取，迟早都要付出代价。

"戾气"也是一个病因学名词，明代《温疫论》说，戾气又称疠气、毒气、异气，指具有强烈传染性的病邪，是"温疫病"和某些外科感染的病因。作为病态的社会情绪，戾气亦如同病毒、瘟疫，具有传染性、效仿性、扩散性，容易互相感染，助长不良情绪。戾气丛生，邪气盛行，将异化我们朝夕共融的社会生态。因此，向戾气说不，提振精气神、汇聚正能量，人人有责，人人当尽责。

谈透明

人生是可以透明的，也是应该透明的。透明的人表里一致，让人踏实、放心。然而，在诸多人自以为聪明的时代，

君子坦荡荡，小人长戚戚。

—— [中国·春秋]孔子（公元前551—公元前479）

透明似乎如同贫穷一样，"笑贫不笑娼"，透明也受人耻笑、被判定为迂腐。或者是叶公好龙，希望别人透明，自己却生活在混沌里。

人一定要清醒、要有定力，不要浮躁、不要耐不住寂寞、不要盲目跟风随大流，否则是要栽大跟斗的。可怕的是，有的跟斗只要栽一次，人生便玩完了！正是如此，我们要坚定道德自信，固守道德定力，强化道德自律，做一个坚不可摧的铁罗汉。通达透明，里里外外保持一致，不必费尽心思伪装自己，这样内心安宁、生活平静，何乐不为？正是如此，为了让我们活得"不设防"，彼此间更轻松一些，我呼吁"全世界通透者，联合起来！"

有人不认同这个观点，我想这是缘自对世界大势认识不清。随着现代科技的飞速进步，而今，人人都有录音机，处处都有摄

像头。我们已经日益生活在一个透明的时代，每个人其实都是在裸奔。所谓秘密，那是因为别人没有关注你，一旦盯上了你，你就将无处藏身。会议桌上一包烟，手腕上一块表，某次自以为神不知鬼不觉的偷香窃玉，都可能在镁光灯下掀起巨浪，甚至由此而成阶下囚。

有人试图穿上迷彩服，借助外包装来遮遮掩掩，不让别人看见真相。不是吗？在网络虚拟空间，你会觉得很多人很有文化；从别人嘴巴里看人，你会觉得一些人总是走极端，要么好到极致，要么一无是处；没有介入实际工作之前，很多人说自己内行，可一旦上阵就露了馅，原来也不过尔尔。放大优点或者屏蔽缺点，包装成了伪装，表象便常常脱离真相，但潮水终要退去，你终将一丝不挂。

现实反复告诉我们：对于"玻璃人"来说，这会是一个越来越好的时代；对于"两面人"而言，却会是一个越来越坏的时代。人还是透明一点好，玩两面，玩心计，玩潇洒，玩得出名堂吗？"上帝看见真相，但不一定开口"，如是而已。你真以为"大人真乃神人也"，你是神人？但，神人也是人，不是神！

谈可靠

"靠得住"很要紧，物如此，人亦然。所以，我们去商店购物，特别是嘴巴吃的、脸蛋用的，关乎生命关乎脸面，总

> 信用既是无形的力量，也是无形的财富。
>
> ——[日本]松下幸之助（1894—1989）

是对是否可靠倍加关注；所以，干部选拔工作中提出的两条用人标准，第一条就是"靠得住"，排在"有本事"之前。

什么物靠得住？有人说品牌靠得住。这是不错的，毕竟有口皆碑，既是品牌，总有它成为品牌的实力。然而，三鹿奶粉事件让人瞠目结舌：品牌也未必靠得住。转瞬一想，三鹿毕竟只是个案，以点概面，打倒一片，不是正确的思维方式和行为方式。不料，最近强生卫浴产品又被查出含有有害物质，这不禁再度引发我对品牌的怀疑。

什么人靠得住？有人说心腹大臣靠得住。这是不错的，毕竟人是有感情的动物，日久生情，其情炽炽。然而，心腹大臣成为心腹大患，倒戈一击，这样的例子也屡见不鲜。

人与物混在一起谈，按小品界范大师傅的话说，"有点乱"。

为了不乱，下面见物不见人。回到这个话题：品牌真的靠不住吗？我以为，所谓靠不住，关键在三点。其一，原本就不是真靠得住，无非是伪装得好未被发现罢了。其二，曾经真是靠得住，只是后来变化了。其三，其实还真靠得住，只是媒体狂轰滥炸，口水把人淹死了。所以，是否靠得住，还是得具体情况具体分析。由此看来，评价一个物品是否靠得住，难度很大。

别人难以评判是否可靠，然而，自己心里应该明白，并努力做到可靠。在这个问题上，一定要破除侥幸心理，不要以为"添加一点三聚氰胺无关大体"。三鹿的教训是惨痛的：在辉煌中没落，绝非天方夜谭！一个盛名在外的乳品王国，如同当年的苏联，摧枯拉朽般轰然倒下。被媒体披露后，不足半年，即2008年12月24日，三鹿宣布破产。古人讲："若要人不知，除非己莫为。"这话在今天尤其如此。因为，我们已进入地球村时代，信息公开程度前所未有，网络监督力量非常之大。特别是，在由外至内的压力下，万一曝光走火，谁想包也不容易包住，想保也不容易保着，后果想免也不容易免掉。比如说：强生在美国被发现有问题，迅即反馈到国内。

总之，应该争取做可靠的人，做可靠的产品，否则，任何一个细节上的松懈，都有可能引发灭顶之灾。虽然错误是难免的，虽然输赢是寻常事，但不是所有的错误改了就没事，不是任何时候都输得起，毕竟，每个人的生命都是有期限的。或许，在没来得及"重新做人"的时候，生命就已化作了一缕青烟。

谈私心

人该不该有私心，能不能为自己，答案是肯定的。这么肯定，倒不是因为古人说过"人不为己，天诛地灭"。

> 犹如细流在大海里消逝，美德在自私自利中丧失。
>
> ——[法国]拉罗什富科（1613—1680）

"人不为己，天诛地灭"历来多为人诟病，其实并没有什么大的差错。有学者认为，这话真正强调的是，包括人在内的万事万物都是以自我为价值中心的，这是一切社会秩序得以形成和发展的前提和基础。也就是说，人如果不为自己，不以自我为价值中心，那么，社会秩序就将不复存在，天和地都会毁灭，所以，为自己没有什么大的过错。

对"人不为己，天诛地灭"这句话，就算理解为"一个人如果不为自己，就会被天和地诛灭"，也即遭到毁灭的对象是人，而不是天地，同样不宜否定。因为，天地有"好生之德"，自己都不爱惜自己，那不是有悖于天地的心意吗？受到天地诛灭又有什么奇怪？

自尊者，才能赢取别人的尊敬；自爱者，才会得到他人的爱戴。如此看来，为自己原本并不出格，而且理所当然。何况，谁都不是独立存在的个体，孝敬父母，养育儿女，这到底是为自己还是为别人，也说不大清楚呢。再者，"老吾老以及人之老，幼吾幼以及人之幼"，孝敬自己的父母，养育自己的儿女，如果每个人都能够推己及人，爱心就会播撒到整个社会。

从本质上说，人们不欢迎私心，并不是否定为自己，而是反对损人利己、损公肥私。这就是说，私心本无过，过在因为私心而伤及别人或公众的利益。换言之，你可以有私心，可以利己，但应该利己不损人、利己不损公、利己不坏事。特别是作为公职人员，身处团队之中，私心不可损公器。把自己与别人、与社会大众的关系摆正了，你怎么利己，都不能说太过分。

内心澄澈才能心明眼亮，不要为一己私心迷障了心智。舍才有得，公才有益，利人还是利己，最理想的状态当然是取舍得当，在公与私中促成双赢、皆大欢喜。无论是主观为自己客观为社会，还是主观为社会客观为自己，以自我价值为中心所划定的圆，如果能够与以社会价值为核心划定的圆构成一个"同心圆"，将个人利益融入公共利益之中，这样的利己才能长久。

谈人情

那年3月25日，著名作家贾平凹先生60岁生日，搞了几桌饭，请朋友们来闹一闹。同是文化人的

世事洞明皆学问，人情练达即文章。

——[中国·清朝]曹雪芹（约1715—1764）

方英文先生琢磨，两手空空前往蹭饭吃，总有些不好意思。怎么去呢？筹划了一番，决定还是写一幅字送上。妻子表态：哪成呢？硬是塞给方先生一条香烟。

方先生此行让我不由得想及一桩民间纠纷。由于征地拆迁，近来某老汉忽然身陷"拆迁门"事件，一亲属居然破天荒地试图染指其家产，还为此屡屡上访。老汉思前想后，觉得匪夷所思。得悉此事，我反复思量，也感觉太反常了。一来这一亲属的诉求明显不合常规，也不见有谁纠缠于类似的利益；二来老汉素来待这位亲属不薄，数十年来双方也无不快。顺应政策也罢，知恩图报也罢，尊重长者也罢，这一亲属为何会做出如此举动？

两件事的主角中，方先生是文化人，这一亲属是普通村姑，哪一个更有人情味？是饱读诗文但老朋友过生日却打算写一幅字的方先生，还是这位读书不多的农妇？

我想起了旧时的一句话，叫作"秀才人情半张纸"。在我看来，这话大概说的是，读书人缺乏人情味，情比纸薄。然而，把两件事放在一起对照着看，我却感觉，或许自己误读了这句话，要么便是这话本身带有时代局限性。

我又想起旧时另一句话，叫作"知书达礼"。照此说来，读书可以让人明理，进而明礼，文质彬彬的人应该多半不失人情味。阅读历史，我亦发现，"滴水之恩，涌泉相报"的读书人并不鲜见，"知遇之恩，没齿不忘"的读书人大有人在，刘备白帝城托孤，读书人孔明先生的表现不是让世人唏嘘吗？

我还想起一句话，叫作"商人重利轻别离"。这话出自重农轻商的古代社会。自然，传统上人们常常以为商人唯利是图，因而无奸不商，没什么人情可讲。应该说，普遍而言，旧时商人的文化层次比秀才一般要低一些。"知书达礼"的秀才尚且没有人情，商人又会有多少人情味呢？可是，众所周知，商人往往比较富有，在人际交往中，出手每每比秀才阔绰。"金票大大地有"，权钱交易中的糖衣炮弹不是滚滚而来吗？

这样分析起来，从前我对"秀才人情半张纸"的理解便显得失之偏颇。其一，在教育不普及的古代，客观上存在着文化垄断现象，写诗作文、书法绘画是秀才们的专长，"莫谓纸薄，其用孔多"，帮人写写对联、家信、状纸，"半张纸"便成了读书人人情往来的常规之举。其二，由于受教育程度高一些，对人世理解得深一些，读书人往往比较注重精神层面的感受，而对物质生活表现出一定的淡泊、简约，于是，"以小人之心度君子之腹"，在人情往来上不自觉地倾向于"君子之交淡如水""君子喻于义，小人喻于利"，这在客观上导致崇尚实物的一般社会大众认为读书人人情味比较淡。

由此看来，评判人情味的有无，首先得搞清楚人情的具体内涵及其相应的表达方式。如果简单地以红包论感恩、以金钱论人情，恐怕未必中肯。当然，还须明确，凡事都不宜一概而论，任何时候都不宜简单画圈，论定哪个领域的人人情味浓、哪个领域的人人情味淡。正如"有知识未必有文化"一样，人情与学历同样并非一一对应的关系，历来就有许多重情义的朴实农人，也有不少把情义视若名节的文弱书生。

谈应酬

> 人情应酬可省则省，不必迁就勉强
> 敷衍。
>
> ——[中国]李叔同（1880—1942）

坦率地说，我是不大愿意在外应酬的。并非不想热闹，并非出自清高，实在是赔了时间，又耗费了精力。加之工作烦冗，每日早出晚归，休息时间难得，陪家人的时间也很是有限。因此，我是比较难以出山的，不是万不得已，一般不接受吃请，尤其是需要喝酒的吃请，伤筋动骨，真不大好受。

我的原则，可应酬可不应酬的，不应酬。什么场合不参与应酬？概括地说，有三类：一是自己出席与否于对方安排无大碍的，如果难以走开，则不去。大凡做东的人，总有一个主宾，主宾不到，人家的安排就多少有折腾之嫌，内心里总会感觉有些扫兴。让别人感到不爽是不厚道的，因此，如果自己的参与不是可有可无，无论有什么特殊情况，一般应该出席。二是相聚机会较多的，如果实在太忙，则不去。同在一个地方，今天不见明天可能相见，少见一次不打紧。而难得一见的，特别是年迈之人，则宜尽可能不要错过。毕竟，人生有诸多不确定因素，错过一次，可能错过终身。三是纯粹娱乐性的聚会，如果不便脱身，则不去。少一个人狂欢，仍然是欢乐，而情绪低迷之时，多一个人在旁边，则多少可以给对方分担一点悲伤。至于聚会原本只是媒介，共同做事才是正经的，自然不宜缺位。

最后需要把握的是，一旦接受了邀请，不是遇上非常特别的突发性情形，就得信守承诺，如期赴会。因为，每一桌宴席，主人都已认真地安排好了每一个席位。换位思考，将心比心，让人冷场有失做人的基本风范。

谈吃请

你应该为生存而食，不应为食而生存。

——[古罗马]西塞罗（公元前106—公元前43）

那年2月6日，正是新春长假，接连看到两个观点：

1. 又到了同学老友聚会高峰，谈论近况的同时难免带有比较的意味。继去年出现囊中羞涩的"恐归族"后，攀比之风导致聚会变味催生"恐惧族"。

2. 返乡年轻人晒春节账单，无1万元难过年关，在外地工作的年轻人几乎都有同样感觉，春节回家高花费已让团圆的欢乐成了"咬着牙的快乐"。

聚会团圆总离不开吃请，民以食为天，来来往往——吃请原本是一种正常现象，只是，吃请一旦成了攀比的桥梁，便味道大变，让人心烦；吃请原本是一件快乐的事，只是，吃请一旦过了头，便成了沉重的负担，让人恐惧。

一桩欢喜事，为什么会令人敬而远之？这无疑是吃请的尴尬。

人的成功与否，幸福与否，评价的标准是多样化的。何况，还在路上走，一切未有定论，即使标准完全相同，机会有早晚，成功有先后，到头来谁谁谁怎么样，尚难料定。在吃请中争强好胜，实在是目光短浅，愚不可及。就此而论，吃请中渗入攀比成分是不明智的。再者，既然能够聚在一起吃吃喝喝，必定多是自家人，自己人应该多勉励，吃请中攀比有笑里藏刀的意味，当然不能算厚道。

所谓开源节流，对于大多数人来说，钱来如抽丝，钱去如流水，特别是吃请，服务性行业毛利大。嘴上念叨着"钱是王八蛋，没了再去赚"，可是，对大多数人来说，挣钱并不容易！一次性吃请花费太多，于买单者而言，递来菜单，恐怕多半是微笑着吆喝"请随便点"，其时心里却在打激灵。

吃请这般快乐的事，何苦搞得内心惶惶？如果从营养与健康的角度，仔细衡量，感觉花费过高，除了视觉上的快感，意义实在不大。再做盘算，在钞票总量有限的情况下，吃一顿大餐，大概不如细水长流，分解开来多吃几顿来得爽。至于说与其做酒肉灌肠的冤大头，不如挤出钱来赡养老人、赈济穷人，那更是另一境界了。

如上看来，吃请这个事，还真得要悠着点。总的原则：要真诚实在、注重内容，还原吃请的本相，借吃请的当儿分享信息、交流思想、增进感情，填饱肚子则是顺便的事儿。

谈双赢

> 能用众力，则无敌于天下矣；能用众智，则无畏于圣人矣。
>
> ——[中国·三国]孙权（182—252）

双赢这个词近年来很时髦。对于一个分工日益精细、交流日益频繁、合作日益密切的社会，这是必然的现象。

人存在于世上，生存方式不外乎三种，一是独立自主，二是置身团队，三是联手合作。第一种纯属自己的事，自然有努力的动因；第二种原本为着同一目标，同在一个屋檐下，一损俱损，一荣俱荣，共同的利益使之有着干事的劲头，再加上团队制度的约束，一般也能尽力而为；第三种因为分属于不同利益集团，要走到一起，那就必须让各方面都能获取必要的合作收益。毕竟，合作不是施舍，不是救济，只利于某一方，那是玩不下去的，也就是说，双赢是合作的基石。

双赢的理想状态是，合作的各方错位发展、各取所需。如果是同向发展，你所要的也是我想要的，就容易发生冲突，合作就潜藏着危机。相反，我有的给你，你有的给我，合作不仅不影响各自利益的获取，而且可以互通有无、各自做大，这样的合作就能长久。

相对而言，在合作中双赢，也许共荣时不易、患难时尤难。事业兴旺，大家都可以有较大收益，而处于低谷，各方受到的冲击难免大小不一。为此，在合作中双赢，必须要有全局的考量，必须要有长远的眼光，必须要有风险的担当。

父亲在世的时候，一直不怎么赞同兄长做缺乏契约精神的传统合伙生意，想来他是看到了维系双赢的艰难。

事功·悉付事大道

生如秋果。一条路，一辈子，能留下些什么印痕？养家糊口的立业也罢，家国情怀的事功也罢，「滴水能把石穿透，万事功到自然成」，理念、思路、节奏……总有一些方法和路径可以寻觅。

【横渠四句】

为天地立心，
为生民立命，
为往圣继绝学，
为万世开太平。

本卷要目

谈理念

职场 有 无 达人？何谓达人？着眼全局和长远，家庭与事业两不误，尽忠与尽孝两无愧，工作与娱乐两相宜，才是真

> 因为真理是灿烂的，只要有一个罅隙，就能照亮整个田野。
>
> ——[俄国]赫尔岑（1812—1870）

正的达人，才是大智慧所铸就的大成功。蓝图易绘，达成却难。难在哪？首在理念。理念不更新，一切都会退化。

"理念决定成败"，这话大抵是不错的。人在职场，思想观念、思维方式、工作理念至关重要，任何工作都是如此。因为，理念具有方向性，起着引领作用。理念错了，往往南辕北辙，践行越到位，则背离目标越远。

最近与一位搞企业的朋友闲聊，现身说法，他所说的两个观点引起了我的思考。其一，关于果业种植是否赚大钱的问题。他曾经认为，果业是生财之道，但自己亲自投资之后发现，如果是租地种植，租金、肥料、病虫害、工资等算起来，成本不菲，而销售环节又未必畅通，假如遇上长期暴雨、冰冻等恶劣天气，情形更不乐观。真正赚了钱的，不少是利用职权，生产资料不花钱、销售有保

障的主儿。一般农户虽然无须支付土地租金、劳动力成本，但如果遇上天灾，同样难以承受。由此他认为，如同实行粮食直补一样，对于直接与土地打交道的种植户，国家补贴确实很有必要。其二，关于农民返迁房的安置问题。有些人认为，为了使城市有一个良好的形象，农民返迁房、廉租房之类不宜安排在城市核心区，而应该放在城市边缘。这一主张看来值得推敲。一方面，从社会和谐的角度考虑，他在西方发达国家的一些见闻表明，假如富人区、平民区和贫民窟泾渭分明，将很容易形成社会对立。另一方面，因为自身经济拮据，贫困群体更有必要享受政府提供的公共设施。

朋友所言是否中肯，一定存在争议，不能轻易做出结论。然而，这启示我们，理念的确非常重要，它直接影响我们的判断、决策和作为。干一行干好一行，要与时俱进，树立起相适应的理念，力求在"提速提质提效"中"省时省力省心"，尽可能把工作做到位、做出彩，并做得轻松愉快。

谈 目 标

在一个团队里，举凡做事，都要设定一个目标。有了目标，才有努力的方向，也才会有做事的标准，才有业绩的取得。

古之立大事者，不惟有超世之才，亦必有坚忍不拔之志。

——[中国·北宋]苏轼（1037—1101）

古人有言："取乎其上，得乎其中；取乎其中，得乎其下；取乎其下，则无所得矣。"谁都不是神仙，不能完全算准将来，预期目标当然不可能定得非常准，与最终所达到的状态比较，总会存在一些落差，有一定的距离。也就是说，无论定什么目标，难免有"求其上、求其中、求其下"三种情形。

那么，是不是目标定得越高越好？当然不是！目标要适中，过低了，唾手可得，等于没有目标。然而，如果过高，过于超前，同样将于事无补。因为，目标的实现有赖于团队中的各个成员，曲高和寡，理解的人太少，难以形成足够的推进合力。所谓"在理解中执行"，实际上往往只能是少数人。倘使不能够从内心深处有效调动团队全体成员的积极性和创造性，即便采取高压态势，也是出工不出力。这样，由于力量不足，最终不仅难以实现预期目标，反而会带来严重的负面影响。就算是当初的支持者，也可能因为目标遥遥无期而日渐泄气、失去信心。

既然是目标，就应该"跳起来摘桃子"，定得高一些，但这一跳不能太离谱。超出了弹跳的极限，理想就成了空想。就人们的心理而言，许多时候，确定目标，每每损于过高。目标不切实际，容易引发浮夸风，引发弄虚作假，表面上轰轰烈烈，其实是镜花水月，甚至透支了将来。定目标者务必警觉，防范中看不中用的理想主义倾向。假如没有科学依据作为有力支撑，没有强大的底气和信心，提出过高的目标，就要慎之又慎。

目标一经确定，则要全力以赴抓推进。重点把握几个方面，一是培养优秀的操盘手，二是建立相关责任机制，三是强化坚定的执行力，四是明晰科学的操作模式。有人干事，有制度保障，有正确的路径，宏大的目标才能成为美好现实。

谈思路

思路决定出路，思路一变天地宽。

北京奥运会上，中国运动员每人衣服正前方印着龙的图案，香港跑马场摆放着龙的造型。龙是中华民族的图腾，我们都是龙的传人。从这个角度说，北京奥运会多角度地向世人展示龙的形象，乃是情理之中。

> 一切罪恶在事先已被原谅，一切也就被卑鄙地许可了！
>
> ——[捷克]米兰·昆德拉（1929—）

然而，很多年来，有人认为，我们不宜说自己是龙的传人，因为在英文里，"dragon"代表着邪恶，是好斗分子。说自己是"龙的传人"，有损于中国人的形象，容易让西方人产生误会，感觉中国人不大可靠，甚至可能助长所谓的"中国威胁论"。

其实，中国"龙"与西方眼中的"龙"风马牛不相及。于是有人打开思路，另辟蹊径，还原本相，提出将中国龙改一个译法，不用西方人固有的"dragon"，而采用音译为"loong"。作为一种西方世界的新生事物，创造一个音译词，这也是语言学界的通行做法。

此龙非彼龙！一切迎刃而解，这就是思路的功效！

谈决策

要做正确的决策，最好的办法就是仿效法院的判案方法，从两方的辩论中去求取事实真相，使全部有关的事实都能摆在法官面前。

——[美国]彼得·德鲁克（1909—2005）

决策实质上就是在分析判断的基础上做出决定，每个人在生活和工作中都会遇上，没什么深奥。于公于私，于国于家，决策都是很经常的事儿。

具体地说，决策的本质是谋与断，科学路径是民主与集中。"谋"须打开眼界、包容各方，充分了解各方面不同意见；"断"须抓住主干，砍断盘根错节，定下明确意见。因此，"谋"靠民主，"断"宜集中，这就是所谓的多谋善断。由此看来，"谋"很注重听取别人的意见，而非"独孤谋"。

在决策中，应把握"四不宜"：一是情绪不平静时不宜决策。情绪波动太大，容易头脑发热一意孤行走极端，这时的决策，往往失之于偏颇。二是情况不全面时不宜决策。只有正面考虑，或者只有负面考虑，都是片面考虑，决策容易出偏差。重大决策，尤其应该兼有可行性论证和不可行性论证，正向逆向推演，才能有效规避重大不良后果。三是方案单一之时不宜决策。有了多个方案，才有选择的余地，才有择优的可能，这个道理显而易见。四是意见分歧大时不宜决策。分歧大，说明各自的道理都比较充足，且静下来"交换、比较、反复"吧。

正确的决策，具有强劲的创造力；错误的决策，则具有很大的破坏力。成亦决策败亦决策，所以，决策不可不慎！

谈落实

不积跬步，无以至千里；不积小流，无以成江海。

——[中国·战国]荀子（约公元前313—公元前238）

人们常说，不落实就会落空。因不"实"而致其"空"，这个文字游戏"戏"得有趣！

何谓"落实"？"落"即下落，得沉下去。浮在面上，蜻蜓点水，不能深入进去，怎么可能到点到位？所以，抓落实必须扑下身子。"实"与"虚"相对，强调如打桩那样，真正打着了硬土层，否则，纵使貌似落下来了，其实仍悬在半空中，或只是沾着了边，深入不了，便搞不准实情，拿不出实招，也就必然干不成实事。"实"还有果实之意，是看得见、摸得着、具体可感的成果，所以，抓落实最终要在实干中见实效。

细节决定成败，抓落实一定要重细节，落细才能落实。很多时候，细节不是小节，细节关乎大节。细节一旦出了纰漏，可能"一粒老鼠屎坏了一锅汤"，全盘都会大打折扣，甚至只好通通倒掉，这实在是令人痛心。所谓工匠精神，就是每一个细节都不放过，都有讲究、有余味，都耐人品咂，都经得起考究。抓落实，就要有工匠精神，反复推敲、反复雕琢，力求打造出精品。

抓落实靠什么呢？事在人为，当然靠人。人又靠什么呢？角度不同，说法不一，但责任心和事业心至关重要。这"两心"犹如鸟之两翼、车之两轮，不可或缺。许多领导在大会上讲话，第一点谈的往往也是这"两心"。这不是套路，不是八股，而是确实非常重要。

什么是责任心？责任心是一个人对其所应承担责任和履行义务的自觉态度，是与岗位职责紧密相连的必然要求。

什么是事业心？事业心是一个人在追求人生价值驱动下所具有的道义担当，是推动一个人积极进取的强大动力。

责任心是底线。一个人即使没有宏大的理想抱负，但既然在一个团队中，就应该有责任心。道理很简单：占了一个岗位，享受了这个岗位所附着的薪水、权力等待遇，就应当对这个岗位有一个交代，就应当恪尽与享有待遇相对应的责任。再者，在一个团队中，如果不尽责，也有悖于厚道做人的基本品格。因为，每个团队成员各有职责，你未尽到职责，势必将本该自己做的事转嫁他人，势必拖整个团队的后腿。

事业心是境界。一个人有了事业心，就会在艰苦的工作中找到成就感，就不会觉得工作那么累。在这样的状态下，压力转化为动力，工作便由"要我干"变为"我要干""我要好好干"，主动做好工作的动因更加强劲。

一言以蔽之，缺乏责任心就端不稳饭碗，缺乏事业心工作就是折磨，这是很现实的问题。平常的安乐尚且没有着落，遑论人生的意义？所以，身在职场，交代了一个事项，就要以强烈的责任心和事业心，勇于担当抓好落实。

谈领导

没有预见，谈不上领导。

——[中国]毛泽东（1893—1976）

"领导也是人"，话是不错。不过，此言不宜作为领导者给自己开脱责任的借口，尽管的确是"人非圣贤，孰能无过"。作为一名领导者，首要的不是设法搪塞，而是提升领导素养，毕竟自己的作为关系到一个团队乃至一个地方的发展。那么，一位成熟的领导者应具备哪些素养？"眼耳手脚心"，五个部位各有要求。

一是胸怀全局，眼里容得下沙子。始终锁定主要目标，时时处处从大处着眼。处事方面，要把握要害，知道轻重缓急，不要丢大拣小。某个局部即使看不上眼，但如果不失大体，且眼前尚有更重要的关节点需要用力解开，也未必要作为眼前要事。待人则要宽严适度，不要得理不饶人。尤其要明白，对待下属如同用手抓沙，不宜用力过猛，不然，抓得越紧越易流失。要学会欣赏人，看人多看优点；学会培养人，教人多教方法。以容人的胸怀，少责怪、多鼓励、善引导，否则，天下绝无可用之人。

二是豁达大度，耳朵受得了异议。领导者受关注度高，往往容易成为别人的"眼中钉",是非评判常常缠绕于身。社会对公众人物所做的要求每每要高一些,这是公众人物在享受镁光灯照射时必须付出的代价。正因为如此,领导者对待来自各方面的不同意见,特别是与自己的主张相悖的异议,应当保持必要的冷静,不要乱了方寸,一听就跳,或者被未必中肯的舆论牵着鼻子,跟着异议跑。

三是定岗定责,手上捏得准棍子。"事在人为",让每一个人都能顶用,当然是领导者的重要素质。一个团队如同一台机器,各个部件有各个部件的任务。一般情况下,对于团队中的每个成员,要坚持按照既定岗位令其各司其职,捏准棍子敲对人,尽可能少客串,防止无原则地随意吩咐。即使某个人是"万金油",也不宜搬来搬去。因为,这样做的后果,不仅会损耗个别人的积极性,而且容易造成"耕了别人的地,荒了自己的田"和"宝剑先钝"现象。

四是深入实际,足底接得通地气。17世纪西班牙思想家格拉西安曾经说:"由于不懂得什么是生活中首要的事物,最聪明的人最容易受骗,他们要么被见识较浅的大众所称颂,要么就被当作无知的人。"中国春秋时期曹刿有言,"肉食者鄙,未能远谋",这话同样让领导者大跌眼镜。客观地讲,领导者对高深事物思考得多一些,可能有许多不同寻常的见识,往往被视为"聪明人"。利害相生,这一长处常常造就了领导者的短板,也就是对生活中最普通的需要或者常识反而陌生。接不到"地气"就将被"悬空",领导者要充分认识到这一点,经常有效地深入基层、深入实际。

五是有条不紊,内心平静如止水。保持清醒是指挥若定的前提,从容不迫是事业成功的基础。领导者不可忙乱无序,尤其在做决断时，务必冷静、慎重。为此，关键要把握两点。其一，要客观看到困难，不要畏难退缩。其二，要正确看待团队成员的"积极性"，特别是对那些不恰当的迎合，要多一个心眼，以免因下属盲目拍着胸脯表态说没问题而做出错误决策。关于后者，意大利著名政治思想家马基雅弗利提供的办法是："让一小部分人仅就所问的事情说出真相，而此后不再考虑别人的观点，而且需要自己做出判断。"换言之，有时候，保持必要的固执没有坏处。

谈谋人

人们常说"多谋事少谋人"，如果谋人出于不安好心，为的是在算计人、耍弄人、逢迎人中谋取私利，这当然要不得。然而，有一种谋人却值得期待。

> 事之至难，莫如知人；事之至大，亦莫如知人。人主诚能知人，则天下无余事矣。
>
> ——[中国·南宋]陆九渊（1139—1193）

众所周知，事在人为，事业是人干出来的。人既然是干事创业的主体，对于大大小小的领导者而言，布局谋篇，量才使用，当为要事。人事人事，人与事，原本便为一体，二者不可割裂。一个领导者如果不能正确地琢磨人，如何可以科学地琢磨事？为着更好地谋事、更好地推动事业发展的谋人，可以说多多益善。

谋人首先要爱人。"橘生淮南则为橘，生于淮北则为枳。"同样是一个人，如果环境不同，领导者对其态度迥异，其作用的发挥也将大不相同。要真心爱才惜才，充分关心与重视人才，保护和调动其积极性，促进其良性成长。在人才面前——要学习唐太宗，有着"天下英雄入吾彀中矣"的欣喜；要学习曹孟德，会顾不上穿鞋赤脚出门相迎。大量事实表明，一个人受到必要的尊重，往往能够激发其潜能，从而形成事业发展的巨大推动力。

谋人要知人善任。"尺有所短，寸有所长"，世界上没有面面俱到的全才，多面手也寥寥无几，绝大部分人都只是在某一领域"术业有专攻"。知人是前提，善任是要务。领导者要充分了解每个人的个性特点和专业素质，知其长短，识其优劣，在此基础上，扬长避短，妥为安排。"岁月不饶人"是自然规律，善任要趁早，珍惜人才的有限工作生命，"勿失其时"，在适当的时候及时发挥人才的最大潜能。时过境迁，徒留遗憾，是对人才的莫大浪费。

谋人要善于育人。引进人才固然是一条渠道，但人才说到底还是要靠培养。如果不去培养，随着岁月的流逝，引进的人才也终究会"泯然众人矣"，或者再度迁徙。育人是一门大学问。要强化在使用人才中培养人才的理念，一边用人一边育人。要根据人才的特长，将其放在特定的岗位上，同时做好新人的培养工作，达到没有他"地球照样转"的状态，先把他"架空"，然后把他"架走"，推到更重要的岗位上。经过"有用"到"可以不用"，再到"另有大用"，建立了这么一个人才培养循环圈，人才队伍就会日渐壮大起来。

正确的谋人观至关重要。要始终坚持在谋事中谋人、在谋人中成事，通过爱人、知人、用人、育人，挖掘人才的潜能，发挥人才的积极作用，推动事业取得长足进步。

谈说教

说教是一件非常不容易的事，因为，无论什么时候，除非说教者被神化，受到顶礼膜拜，否则，真

教化之移人也如置邮焉。

——[中国·唐朝]刘禹锡（772—842）

正能够静下心来洗耳恭听的人未必很多。即使是见识还不甚广的青少年，对于说教，也常生逆反之心。于是，一些人认为，说教没多少人听，何必多此一举？

说教绝非多此一举！如果说教的内容正确无误，即便说教不一定有多大的作用，也还是要说。毕竟，这至少告诉人们，社会的"明规则"仍然是向善向上的。如果喊都懒得喊了，长期放弃积极阳光方面的引导，放弃对正能量的大力倡导，久而久之，人们就会彻底地麻木，甚而认为假恶丑才是社会的常态，内心里对真善美日渐疏远。何况，只要讲得对，说教总会有一些作用，总能唤醒一些人的善根。这就如同塑胶警察，总能在一定程度上警示人们，这世界还是有规则的。

既然说了，当然希望有人听。然而，说的说，听的听，二者裹不到一块，这于说教者来说，的确很是不爽。苦口婆心不见响应，

直埋怨好心都给喂狗了。说教者应该明白，诚然，听者也许脾气有些犟，心气有些傲，但反躬自省，说不动人，是否也与自身水平欠缺有关？为什么有人凭三寸不烂之舌攻城略地？这样看来，石头不点头，还不能一味怪它是块顽石呢。

谈平衡

近来忽然发现，"平衡"可谓是世间最为核心的关键词之一，能够用来概括许多现象和规律。与"平衡"相对的，即是"失衡"。

> 使敌人丧失平衡，自己乱了阵脚，这才是战略的真正目的。
>
> ——[英国]利德尔·哈特（1895—1970）

平衡至关重要。人体失衡了，就要犯病；自然失衡了，就要遭灾；社会失衡了，就要生乱。尽管矛盾无处不在，存在矛盾是客观现象，但如果能够通过一定的措施进行调控，防止大的失衡，保持和谐局面，则不啻为明智之举。

如何达到平衡？以缩小贫富差距为例，有两种基本的方案：一是加快"填谷"，把短板补长；二是"削峰填谷"，通过损有余以补不足。单纯地使用前者，因为有"马太效应"等诸种因素，达成比较难，费时也往往比较长，所以后者常常是一个选项。

"削峰填谷"，并非劫富济贫、夺盈补亏，而是着眼大局，让贫者不太贫、亏者不太亏，让富者长久富、盈者长久盈。贫富、盈亏的距离渐次缩小了，最终才能实现皆大欢喜。否则，一旦乱套，导致大震荡，受大损失的不会只是某一方。那年金融危机，时任美国总统奥巴马对华尔街金融高管实行限薪之举，这一所谓的自由市场国家的政府干预，其实正是对平衡术的运用。

人类文明的演进，如果能够时时把握平衡艺术，防止失衡导致的穷折腾，哪会有那么多"历史周期率"的烦恼？

谈善变

善变似乎是个贬义词，但不失为一种重要的工作方式方法。做任何工作，从某种程度上说，都要了解如何顺势应变、与时俱进，正确处理"变"与"不变"的关系。

> 天下大势，浩浩汤汤，顺之者昌，逆之者亡。
>
> ——[中国]孙中山（1866—1925）

所谓"时势造英雄"，所谓"识时务者为俊杰"。时是时机，势是趋势，时间变化了，事物发展的方向难免生变。在变化的过程中，一件事情，前后纵向对比，必然存在着"同"与"异"的方面，这就为工作方式方法上的"变"与"不变"，创造了必要条件，提供了基本前提。"变"是扬，是发展，是创新，是基于"异"方面的考量；"不变"是守，是继承，是延续，是基于"同"方面的选择。

到底哪些应该变，应该怎么变，必须对此有清醒的认识。这样做工作，才能抓住要害，也才会轻松一些，以较少的精力做更多的事情。我之谓"多快好省地做工作"，前提即在于"善变"。

时移势易，"变"才是常态，故步自封不足以成事，要善于分析判断形势，因势顺变。乘风破浪，顺水而行，这是"顺势借势"；凝云致雨，创造条件，这是蓄势造势。谋势取势，善于用势，方能顺大势、成大事。

谈舆论

舆论的力量是强大的。"众口铄金、积毁销骨"也罢，"稻草可以说成金条"也罢，雅言俗语，讲的都是同一个道理：要重视舆论。

> 无论哪个时代，公共舆论总是一支巨大的力量，尤其在我们时代更是如此。
>
> ——[德国]黑格尔（1770—1831）

战场上讲"兵马未动，粮草先行"，其实很多时候，也是"宣传开道，舆论先行"。即使是偷袭，之前往往也在一定范围内进行了舆论的搅动。"上下同欲者胜，同舟共济者赢。"氛围造起来了，凝魂聚气，共识就会形成共为，汇聚成强大合力。

舆论工作一定要瞻前顾后，讲实话、做实事，历史上这样的教训不少。古时候，烽火本是用来报警的，这是一种"形体语言"，也算是一种舆论：有情况，赶快来！没有紧急情况就不能点燃烽火，否则便会发出错误的信号，类同于造谣。然而，周幽王为了博得美人一笑，却屡屡玩火，弄了个"烽火戏诸侯"，折腾多次，这就把事情搞砸了。幽王小大不分，诸侯真假难辨，待到真正有了敌情，舆论已经失效，诸侯们按兵不动，周王朝落得个玩火自焚，只好眼睁睁地看着自己覆灭了。所以，滥用舆论是危险的，失败的宣传就会导致失去公信力。

有的人不明白舆论也是重器，必须慎用，为了推进某项工作，饥不择食，急不可待，用不实之词来做舆论工作，这是短视的，后患无穷。纸包不住火，一个谎言要用一系列谎言来周旋，很辛苦，并且最终也裹不住，必然露馅。这就容易透支公信力，给后来的工作设置障碍，无谓地增加难度。林肯曾经说过，"你可能在某个时刻欺骗所有人，也可能在所有时刻欺骗某些人，但不可能在所有时刻欺骗所有人"，这话虽似绕口令，但就是这个道理。谁也不傻，谁都会分析判断，所以，理念上要十分明白，实践中要千万慎重，决不能只顾眼前，图一时之快，搞一锤子买卖，说过头话，搞短平快式的舆论。要立足事实，着眼长远，瞻前顾后地做舆论工作，确保公信力不受损伤。

网络时代，谁都可以发声，舆情日益复杂，舆论工作面临前所未有的重大考验。作为受众，面对海量信息，则要善于思考，学会鉴别，学会取舍。文字、图片、声音，似乎很立体，但有图不一定有真相，耳听更不一定为实，这一点，应该成为新的常识。

谈节奏

音乐是讲节奏的，讲节奏才有美感，才能打动人心。工作同样要讲节奏，把握节奏，缓急相宜，才能有条不紊、运行有常，弹奏出

> 对节奏的敏感，正如一般的音乐能力一样，是人类的心理和重量本性的基本特质之一。
>
> ——[俄国]普列汉诺夫（1856—1918）

美妙的乐章，取得良好的业绩。太急了，各方面没有准备好，行不通；太缓了，时间上又等不起。

讲节奏，不是整天风风火火，把自己逼成"工作狂"，而是于张弛有度中达到游刃有余，体验着劳动的快乐；讲节奏，不是忽视质量，一味追求做了多少事，而应该着眼于做成了多少事。讲节奏的目的——一是对岗位负责，做好工作，无愧于所担负的职责；二是对自己负责，解放自己，给自己松绑，成就快乐人生。

讲节奏，必须深刻认识方向性和阶段性的关系。有些工作，从方向性来说，是不错的，但不一定可以一蹴而就，而需要注重阶段性，根据目标的需要和力量的可能，分段积累，分而治之，逐步到位。譬如长跑，终极目标在冲刺的一刹那，如果为了争得眼前的喝

彩，不看自身体力状况，急不可待，一味地冲，以致没了后劲，最终败下阵来，实不足取。

不讲节奏的人，外在的表现似乎是思路不清，工作没章法，随意性太强，根本原因则在于缺乏全局意识和忧患意识，凡事以自我为中心，一味地凭个人"预算"行事，以为照自己的规划，事情必能在预期内达到预期目标。可是，他没有考虑自己的安排是否会受到外在因素影响。想法的本身问题多多，也就必然导致工作上的被动。

众所周知，在团队中，每个人都如同机器中的一个部件，许多事情不是自己定了算，其工作运转都会受到上线与下线的制约。比如一个文件的签发，一个会议的主办——假定你是执行者，如果不把握节奏，上司便不能如期审定，从而延误落实；假定你是决策者，如果不把握节奏，迟迟不表态，下属便无所适从。讲节奏，应该强化可能找不着人的忧患意识。要知道，链环上的每个人都还有其他事情，未必总是在办公室等着你来请示汇报，甚至也许正要出远门。为此，凡是要上会的文件、要批复的事项，如果有严格的时间要求，安排上都应该前紧后松，应该设计成"自己紧别人松"，在前期自己能够决定的阶段，时间上安排紧凑一些。如果是前面慢慢腾腾后面火烧眉毛，势必容易出差错、容易贻时误事。

有了正确的观念，还要有正确的方法。讲节奏，应该有一套综合性的工作措施。一要科学调度力量。要像下棋那样，把每个棋子都用活。特别要注意，在一个团队中，不能过度依赖于少数人，防止宝剑先钝。这既是以人为本的要求，也是布局谋篇的策略，更是人尽其才、才尽其用的需要。能者多劳只能是应急之举，如果成了常态，势必导致能者过劳，导致慵懒成风。二要善于统筹安排。事情集中的时候，要分出轻重缓急，急事急办，要事先办。三要勇于打破常规。非常之时要有非常之举，有时，即便是通宵达旦，即便是饿着肚子，也要快马加鞭。譬如兵家，虽知不宜疲兵远袭，但为了抢占先机，两害相权取其轻，有时仍然要马不停蹄。四要重视工作积累。凡事推倒重来，没那么多精力，也不符合事物发展的客观规律。要善于运用已有的工作成果，将阶段性积累串起来。五要强化协调配合。协调到位才能得道多助，才能凝聚工作合力，也才能彼此心情愉快。此外，对不讲节奏的，要有约束性措施，使之付出代价。比如，凡因为没有把握好节奏，人为地把工作弄得紧张兮兮的，特别是导致严重后果的，要登记在案，作为政令不畅、效能不高的表现，纳入工作绩效考核。

把握节奏，必须防止片面强调宁"急"勿"缓"。"急"常常被认为精神可嘉，做事积极进取；"缓"则往往被当作消极对待，缺乏事业心和责任感。其实，因为效果相当，"急"与"缓"本是半斤八两，无非是"急"看上去态度不错，而更招人喜欢罢了。

谈忙碌

> 整天只知道为琐碎的小事忙碌的人，必定成不了大器。
>
> ——[法国]拉罗什富科（1613—1680）

太闲不好，太忙也未必好。疲劳战术，于公于私，都不值得倡导。偶尔为之的突击是可以的，长此以往则必有大碍。

所谓"能者多劳"，实际上是一个伪命题。劳损过度，效能低下，以致忙乱终日，"有所事事"而无所作为，何益之有？

怎样把日子打理得有条不紊、淡定自如？四字诀：

一曰"明"，明晰职责，防止能者多劳。这是从管理学层面而言。作为领导者，谋事固然重要，用人尤其要紧。在一个团队里，一定要善于排兵布阵，尽可能把每个子都用活。要让人人肩上有担子，个个头上有压力。这就要科学分解责任，借鉴现代企业制度，建立起权责明晰的"作战示意图"。诚然，五个手指有长短，每个人的素质不一样，但这不是"疲优养劣"的理由。正确的做法，是要通过定岗定责来"逼迫"后进前进，不然就会造成恶性循环。

二曰"强"，强化个体，打造坚强团队。这是从队伍建设层面而言。事业是人干出来的，事业发展，总要有人操刀。事冗繁忙之时，唯有兵强马壮，才能应付裕如。在职责明确之后，很关键的一条，就是要抓好队伍建设，把团队中每一个人都打造成一柄亮闪闪的亮剑，拿得出，用得上。首要的则是要提振士气，保持旺盛朝气和积极进取精神，把工作当作使命，确保"我们的队伍向太阳"。

三曰"提"，提升思路，优化工作情商。这是从成事艺术层面而言。工作情商的确非常重要，情商高则工作有序、高效。领航者的思路要对头，这样方向才正确，才不会走弯路特别是回头路。工作的条理要清晰，这样才能在有力的指挥下快步前进，才不会打乱仗，才不至于脚踩西瓜皮，滑到哪里算哪里。提升情商需要强化战略性思维能力，善于谋事；需要提高统筹调度水平，善于理事；需要加强全面控制能力，善于管事。

四曰"弃"，懂得放弃，有所为有所不为。这是从个人选择层面而言。越是繁忙，越是要给自己放假。要善于解放自己，善于拒绝，学会说不，给自己减压。留得青山，假以时日，终可成精，千万不要自己折腾自己。为此，忙碌时节，除非情况特殊，我一般奉行"三不主义"，即不陪餐、不会客、不说长话。这样有时可能会让人误解，甚至得罪人，但只要自己待人坦诚，大行不顾细谨，大礼不辞小让，大德不避小怨，终会获得别人的体谅。

谈慎密

谋成于密而败于泄，三军之事莫重于秘。

——[中国·明朝]揭暄（1613—1695）

做人要坦诚，但坦诚不等于口无遮拦。特别是在工作场合，慎密是非常重要的，不该说的决不能说，即使它是一句大实话。尤其是上下级之间，决不能因为领导信任、下属忠诚，便无拘无束、大大咧咧。有些情感需要埋在心中，这无关城府，而是出于尊重和爱护。

《易经》存录了孔子的一段话："君不密则失臣，臣不密则失身，几事不密则害成。"意思是，国君说话不慎密就会失信于臣，臣子说话不慎密就会灾殃及身，机要性的事情不慎密就会造成祸害。史载，春秋时期晋襄公在一次战事人事安排上，原本准备将狐夜姑定为主官、赵盾为副手。大臣阳处父对此有不同意见，暗自进言，说派兵打仗一般让仁厚的人辅助贤能的人，因为贤能的人有雄才大略，仁厚的人则多些恻隐之心，而战争是攻略杀伐之事，必须讲谋略权断，比较起来看，赵盾贤能，狐夜姑仁厚，因而职位互换为宜。

应该说，阳处父的话不无道理，晋襄公也采纳了他的建议。可是，晋襄公居然把这一情况告知了狐夜姑。一言引祸，晋襄公死后，怀恨在心的狐夜姑派人杀了阳处父，自己也叛逃到了狄国。晋襄公到死也不明白，他看似很寻常的一句话，竟然害掉了一位大臣的性命，导致了一位大臣叛逃。

泄密危害巨大，"上泄则下暗，下暗则上聋，且暗且聋，无以相通。"领导者如果"漏言"，下属就不敢说话；而下属成了哑巴，领导就将成为聋子。一哑一聋，上下级之间没法沟通，这样，工作就必将出问题。无论是领导还是下属，一定要养成好习惯，学会保守秘密，决不能辜负了别人的信任，给别人带来麻烦甚至祸害。不管是什么人，都不应该把所掌握的秘密当作可资炫耀的东西，而宜谨小慎微，将其作为一种压力，时时刻刻防止一不留神泄露秘密，惹出事端。

从现实情况看，许多泄密并非有意，而是不经意的"漏言"。那么，如何防止"漏言"，避免无意泄密？首先，要淡于知密。少掌握秘密是最好的守密，不知晓是一种有效的自我保护。要破除掌握秘密越多越荣耀的心理，如无必要，尽可能做到可不看的不看、可不听的不听。其次，要善于遗忘。好记性值得称道，但在涉密这件事上，善于遗忘是非常重要的。忘掉了，自然无从说起，也就不存在"漏言"问题。再次，要安于静处。失密往往发生于闲谈之中，尤其是酒足饭饱之余。正是如此，孔子强调："是以君子慎密而不出也。"他认为，如果不随意外出，乱说话的几率就会小一些。这么说，慎独，实施物理隔离，也是一条守密之道。

谈主帅

> 善于发现人才、团结人才、使用人才，是领导者成熟的主要标志之一。
>
> ——[中国]邓小平（1904—1997）

主帅，顾名思义，就是主要统帅，是团队的核心和灵魂，居于领袖的地位。作为一个团队的命脉，无论是团队成员还是主帅本人，都必须具备主帅意识。因为，主帅意识看似体现于主帅本人身上，从某种意义上说，每个人是否具备主帅意识，却关系着一个团队的战斗力，关系着一个团队的命运，关系着事业的兴衰，团队成员应该自觉地维护主帅。

树立主帅意识，必须强化三种认识：

其一，主帅轻松则团队轻松。主帅自己不能太忙，团队成员不能让主帅太忙，一体两面，忽视不得。道理很简单，谋大事、把方向是主帅的第一职责。主帅应当时刻保持清醒头脑，随时有应对突发情形的必要精力。如果主帅被拖得过于疲乏，在非出面不可的场合，则可能因精力不济而缺位，或者虽到位而不能够有效发挥其作用，这将酿成整个团队的悲剧。相反，主帅如果忙而不乱、闲庭信步，团队不仅不容易溃散，而且由于主帅调度有方，往往可以张弛有度、轻松自如。为此，着眼大局——主帅应当善于解放自己，保存自身实力；团队成员应当主动为主帅分忧，减轻主帅的压力。实际上，主帅即使不在阵地上，也未必闲着。岗位特点和工作性质决定，主帅走在路上也经常是在思考，甚至躺在床上也在运筹帷幄、遥控指挥。团队成员看不到这一点，由此产生对主帅的错误判断，要求自己出现时主帅必须出现，这是有害的。最简单的道理，主帅清醒才能方向明确，把主帅弄得晕头转向，团队跟着折腾的可能性就增高了。如此一来，团队的每个成员不是也要遭殃？事业不是要受到影响吗？

其二，主帅有威则战斗力强。主帅有威是团队之福，因为，有威信的主帅才能真正发挥出凝心聚力的作用，才能带领大家攻坚克难、攻城略地。因而，个人崇拜贻害无穷，维护主帅权威却并非多余。应该看到，主帅不是自封的，功到自然成，业绩的长期积淀确立了主帅在团队中的核心地位。凝聚力和号召力摆在那里，明智的下属一定会充分尊重、自觉维护主帅的权威。历史上许多著名的搭档，其中的副手未见得不具备当主帅、演主角的条件，但却自愿担当配角，纵使面对个别下属怂恿，也能旗帜鲜明，不为所动，坚决维护主帅领袖地位。这不仅是副手自身具有谦让的美德，也是因为他能够理性、客观地看待主帅形成的特定历史背景和主帅对团队的极端重要性。副手尚且如此，团队中其他睿智的成员，更宜看到这一点，把维护主帅的威信视作团队的生命。

其三，主帅尚在则希望就在。群众创造历史，这是不错的，但英雄的作用不容忽视。包括主帅在内的每一个团队成员都应当认识到，主帅不能倒，这是团队生存的底线。任何时候，特别是在危急时刻，都要把护卫主帅摆在突出位置，对于这一点，立场必须十分坚定，意志必须十分统一。纵观古今中外历史，群龙无首，作鸟兽散，主帅的牺牲导致了许多令人痛惜的悲剧。正是如此，兵家有言"擒贼先擒王"，两军相遇，先斩其首，这是睿智谋略家的首要目标。正是如此，严峻形势面前，丢车保帅不失为明智之举。试想，主帅都已经不在了，你苟且延喘又能到几时？相反，主帅还没倒，大局便仍存希望。也正是如此，凡是有眼光、有责任感的主帅，一定会着眼未来，长存忧患意识，高度重视继承人的培养。这样，即便自己突然倒下了，也马上会有人能够站起来料理大局。

谈 副 手

闲来随手翻翻，读到一句话："当主将需要知识才华能力，当副手更需要胸

> 最好的满足就是给别人以满意。
>
> ——[法国]拉布吕耶尔（1645—1696）

怀策略和智慧。"主将与副手，各有各的素质要求。副手是助手，是主将的左膀右臂。这就决定，副手要摆正位置，立足自身职责，有所为有所不为。

一要进位不越位。对待主将职责范围内的工作，不能有局外人的思想，片面理解"不在其位不谋其政"，事不关己高高挂起，把自己与主将的工作截然隔离。事实上，如果副手平时对主将所做的工作涉及不多，知之甚少，"本分的工作"也将因缺乏针对性而不尽如人意。因此，副手要经常站在主将的角度想问题，积极参与主将负责的各项工作，协助主将做决策、抓落实。同时，要讲究分寸，把握参与主将所做工作的度，不越位，不喧宾夺主，更不能借主将名义乱做指示。

二要主动不被动。主将交代了什么，自己便干什么；主将没有吩咐，自己就乐得无事，这样被动地接受主将交办的任务是远远不够的。一个称职的副手还要善于"没事找事"，在主将做出指示之前，头脑中就要先有一个工作思路。副手时刻想到主将的需要，工作走在

前面，有前瞻性，及时为主将提供所需情况，主动协助主将做好工作，既能减轻主将的压力，助力主将提高工作成效，也有助于副手找准差距，提升自身能力素质。这就要求，副手要经常围绕主将所负责的工作，深入调查研究，掌握一线实情，敏锐发现问题，提供决策参考。要加强对主将所布置工作的督促检查，确保决策落实到位。

三要服从不盲从。副手应当努力维护主将的威信，对主将的指示要不折不扣地执行。一般而言，主将掌握的信息多，考虑问题往往更加成熟。然而，智者千虑必有一失，再高明的主将也难免会有流于片面之时。因此，副手要有独立思考精神，凡事有自己的判断。当自己的见解与主将不吻合时，不要轻易抹杀自己的思想，要冷静下来，仔细鉴别，反复权衡，必要时不妨主动与主将交流，共同探讨，达成一致意见。在大是大非面前，副手更应坚持原则立场，协同主将走出误区。副手正确的提醒有益于主将正确地行事，一位睿智的主将也必然乐意接受正确意见并及时予以采纳。忠言逆耳，副手应讲究"进谏"方法，采取适当方式，委婉地表达自己的异议。

四要争光不遮光。副手在主将身边工作，耳濡目染，受到主将的言传身教，一言一行自然常常被视为主将的影子，个人形象直接关乎主将的形象。凡是对主将负责的副手，必然会谨言慎行，从严要求自己，自觉维护主将的形象和声誉。为此，既要品行正，不给主将制造麻烦，不给主将抹黑，又要学识高，努力提高自己各方面素质，不说外行话，不做外行事。尤其要善于利用和主将接触比较多的优势，多揣摩，领会主将处理问题的艺术，学习主将的工作方法，把主将的实践内化为自己的实践，优化自身能力储备。

谈下属

很多人没当过领导，但鲜有人未曾做过下属。只要他身处一个团队中，无论是政府机关还是民营企业，大抵都是从做

> 品德，应该高尚些；处世，应该坦率些；举止，应该礼貌些。
>
> ——[法国]孟德斯鸠（1689—1755）

下属开始的。即便是帝王，承继大统前大多也有太子经历。这个太子，并非纯粹的儿子，在父皇面前，同样也是下属，必须以君臣之礼相待。因此可以说，做下属具有普遍性。

有人认为，当领导很难，如同舵手，领之导之，得有两下子，不然这艘航船就要迷失方向。其实，做下属同样不易，绝非"奉旨行事"四字可以一言蔽之。如果不明白这个道理，一个人是做不好下属的。如何做一个合格的下属？一言难尽，但有三条是要特别注意的：

其一，找准自己的定位。要时时明白，自己是下属，这就是自己的定位。下属就是下属，即使你有宏大的抱负，在现在这个团队中，你就是下属。是的，"不想当将军的士兵不是好士兵"，你应当有进取心。然而，同时必须看到，"不会当士兵的下属也当不了

将军"，在士兵岗位上，你就要有个下属的模样。

其二，按程序办事。团队不论大小，规矩和程序都是十分重要的。没有规矩，不讲程序，就会乱套。这就要求，要坚持按程序办事，不是你这个角色唱的戏，不要随意越位，更不宜擅自越级处理。即使是在某种特殊情况下，上司的上司直接交办的事项，如果无碍事业，无碍直接交办人，也要以适当渠道告知直接上司，以化解可能出现的尴尬和猜疑。尤其是自身工作能力比较强、口碑比较好时，一定要防止争锋心态。就算上司胸怀不够宽广，可能揽功诿过，也要坚持按程序办事。吃点亏不要紧，公道自在人心，是非自有定论。

其三，多请示汇报。人是要有一点主张的，但自己既然是下属，就要有下属的表现。该请示的必须请示，以便按照上司的统一步调行事，不走弯路；该汇报的必须汇报，以便上司能够准确地把握全局，实现团队工作平稳推进。

作为下属，还有一个不宜忽略的问题，即是表功。有的人的确做了事情，也做好了事情，有无必要表功呢？答案是，如果刻意而为，则无必要。你觉得自己吃了亏吗？认真想一想就明白了：聪明的上司，不表功也心中有数；不聪明的上司，表功又有何益？

谈成才

几乎所有人都希望成才，或者"望子成龙""望女成凤"。如何才能成才？看《三国》，不免生疑，不足区区百年的历史，怎么如此群星璀璨，出现了那么多英雄豪杰？

> 没有哪一个聪明人会否定痛苦与忧愁的锻炼价值。
>
> ——[英国]赫胥黎（1825—1895）

诚然，三国时代星光灿烂，有民间说书人之功，有《三国演义》之力，一代接一代渲染，使那个时代的英雄人物更加广泛而长久地存活于人们的记忆中。然而，客观地说，那时节的确是"盛产"英雄。随便问一个稍稍读过一点书的人，屈指数数，那些如雷贯耳的谋臣战将，点得出姓名的便有一大串。

三国为何"盛产"英雄？那年代，好像一个人轻轻松松就可以成为英雄。为了更好地说明问题，权且先来分析英雄的类别。粗略地做了一个分类，除了自己自小就怀揣浓厚的英雄情结并积极为之奋斗的，其他英雄大多属于以下三类之一：

其一，请出来的英雄。俗话说时势造英雄，在群雄逐鹿的三国时代，那些有志于成大业者自然要延揽人才。在这种境况下，一个人有一点锋芒,马上会有人找上门来,你不想成为英雄都难。比如诸葛亮,本想淡泊明志、宁静致远,但刘备诚心诚意三顾茅庐,最后只好恭敬不如从命了。就算原本基础并不怎么好,情急之中,将就将就,拖过黄牛当马骑,"时无英雄,使竖子成名耳",一不小心成了气候,这样的情形也是有的。

其二,逼出来的英雄。人似乎具有慵懒的天性,不是形势所迫,不少人便在庸常的日子里聊以度日。可是,身处乱世之中,有时是由不得你懒洋洋的。这个时候,出于生存所需,一个人往往更富有进取精神,加上所谓的急中生智,"乱世出英雄"便成为一种现象。有意思的是,一个本无大志的人,一旦出类拔萃,常常又会生出一份"如欲平治天下,当今之世,舍我其谁也"的豪情,从而由被动成英雄转向主动成英雄,人生因而日趋闪亮。

其三,带出来的英雄。在英雄花名册上,有两个很有趣的现象。一是同一个家族英雄辈出,比如赫赫有名的杨家将和岳家军;二是同一个群体人才济济,比如民国时期的黄埔系。对于前者,民间有所谓"老子英雄儿好汉"的说法。实际上这并非简单的遗传基因所致,应该看到,一个好的家教氛围,对人才的成长至关重要,长辈的言传身教,长期的耳濡目染,都会起到催化作用。对于后者,历来有所谓"任人唯亲"的说法,这话也不大全面。客观地说,身处同一个团队,朝夕相处知根知底,难免感觉更"靠得住",更放心一些,因而团队内部人士被委以重任的机会多一些;同时,也要看到,由于有一个较好的成长环境,这类群体的成员大抵普遍素质都比较高,确有"人多有来选"的因素。清嘉庆年间,长沙岳麓书院大门口挂起了一幅著名集句联"惟楚有材，于斯为盛"，楚地的确人文荟萃，但为什么会"于斯为盛"？这就与当时湖南出了一些顶尖人物有关，前贤带一带，后俊跟一跟，一大批英才就这么登场了。

由上可以得出一个结论，这就是，英雄的产生需要有一个"英雄气场"。这个气场便是氛围，便是英雄的成长环境。有了这样的气场，因缘际会，英雄就会一个接一个"鱼贯而出"。

三国是一部英雄史诗。面对赤壁，东坡先生感叹"一时多少豪杰"，短短的三国时期产生了多少"千古风流人物"，此叹引发后人几多共鸣！共鸣之余，静静思考，是否可以透过英雄的出处，考量人才的成长路径，从而启迪某种认知？

谈画线

> 弹鸟，则千金不及丸泥之用；缝
> 缉，则长剑不及数寸之针。
>
> ——[中国·东晋]葛洪（约281—341）

"一刀切"是最简单的处事方式，许多时候也是貌似最公允的方式。画一道线，一刀两断，各分彼此，既来得快又方便解释。然而，尺子是直的，衡量的对象却千差万别。"一刀切"的结果，有时就如同倒洗澡水，难免连同孩子一起倒掉。

以广为关注的人事工作为例，最为常见的是年龄"一刀切"，然而，太公八十遇文王，老不老？甘罗十二为丞相，小不小？辅佐君王这样的国之大事，老的小的都有其用武之地，遑论其他？还有日常生活中以貌取人式的身体"一刀切"，照常理，体格健全者宜有更多条件成就大事，但也说不清楚，且看中外名家：孙子膑脚，兵法修列；司马腐刑，著有《史记》；罗斯福坐着轮椅，破天荒连任四届总统；霍金仅剩三根指头可以活动，成就"宇宙之王"。这些人肢体都不健全，却做出了不凡伟业。由此看来，年纪与身体，"一刀切"之下，也都会有例外。

常常听人无奈地感叹，已经到这把年纪了，就这样吧。"年已至此万事休"，激情衰退，萌生得过且过的想法。身体硬朗得很，就被所谓的"天花板"折腾得失了锐气。

的确，年龄是一道坎，特别是吃财政饭的，因为资源配置等多种因素，面临着更严格的"画线"。一段时间里，任职上不成文的"258"规定即众所周知：乡科级到了52岁，县处级到了55岁，厅局级到了58岁，便退居二线了。再往下推，看看媒体发布的招聘或公选公告，年龄界限甚至设定到25岁、35岁。总之，年龄这道杠杠难倒了无数英雄汉，直教人叹息"岁月催人老，华年似水流"。于是，生命之旅还长，一些人却早早地没了想头，满足于"混日子"，不想干事情，成了所谓的"天花板群体"，做一天和尚撞一天钟，整日坐在办公室里看天花板。

客观地说，"人事有代谢，往来成古今"，在用人上画一道年龄杠杠，自有能圆其说的理由。对此，冷静思考，纵横比较，应该是可以理解的，犯不着为此萎靡不振。况且，"一刀切"只是某个领域的规则，而任何一个人的人生都并未被严格框定，很多时候完全可以"跳出三界外，不在五行中"。在某一领域被"一刀切"了，未见得人生从此便被切割了，同样可以有所作为。比如，你可以别出心裁、另辟蹊径，有更多的精力开拓另一个领域。即便你无意于成就一番事业，至少可以在孝敬长辈、教育子女上多尽一份心，更好地经营自己的家庭，怎么可以说没事可干呢？也就是说，年龄虽已越界，事业并未止步，人生仍有所为。

现实生活中，一些人过于关注年龄上的"一刀切"，并因此沉沦，这是不足取的。所谓"哀莫大于心死"，精神的颓废最为可怕。一个人的精神垮了，暮气沉沉，不只事业从此中断，并且，受"老年心态"不良心理暗示，局部的颓废可能导致整个人生的全面塌方。情况很明了，谁都无法控制自己的生理年龄，除非不想活了，而拥有一颗年轻的心，保持阳光向上的心态，才是我们可以掌控的。

如是我云：年龄是个问题，但不是决定性问题。许多时候，给自己"画线"，把自己"一刀切"的，不是某个组织，而是你自己。

谈圈子

所谓"学问出于师门、学问出于集社",治学求知,有一个适当的圈子,大家聚在一起,可以共同切磋、互相砥砺、求得真知。

> 人的巨大的力量就在这里——觉得自己是在友好的集体里面。
>
> ——[苏联]奥斯特洛夫斯基（1904—1936）

然而,身在职场,原本同开一艘航船,以精诚团结为生命,以众志成城为要旨,为着共同的目标奋斗,如果在工作团队中画圈子、拉山头、分宗派,搞团团伙伙,就未免狭隘了。

画圈子的本质是谋人,这是团队之大忌。谋人很辛苦,也容易坏事。并且,画圈子的人往往如墙头草,随风倾倒。唯有以事业为重,以和谐为品,以真诚为魂,方才是非明、立场坚,也才真正靠得住、长久靠得住。还要看到,画圈子的结果,在坏事之余,最终也将伤害团队中的每个成员,包括自己。

为此,在一个团队中,有必要把握两点:

一是不入圈。在团队中,只要能够从忠于事业出发,从与人肝胆相照出发,把握方向,守住原则,做到尽责做事、真诚待人,做到相互尊重、懂得感恩,一定会赢得别人的好感,也就根本用不着入什么圈子。尤其是，随着教育的普及和团队成员素质的普遍提高，对于某些试图人为地制造圈子以示"忠诚"的人，聪明人多也明白。"小人同而不和"，今天给这个人套一个圈子，明天说不定给那个人罩一个圈子，这样的人终究是靠不住的。并且，其结果，将无端地把"圈主"套牢。

二是不画圈。圈子再大，也大不过圈外，这是哲学层面的表述，却很实在。事实反复表明，画圈子的结果，必然是失去大多数。既然如此，为什么有人仍然热衷于画圈？根本的原因，在于自信心不够，自己没有足够的人格魅力，没有足够的驾驭能力，没有足够的凝聚力。实际上，在现代用人体制下，过去的那种人身依附关系已经不是很浓厚了，在一个团队中工作，更多的是制度安排、机缘所定。也就是说，画圈已经失去了存在的基础，缺乏必要性。

总之，圈子看似彩虹般炫目，其实如同孙悟空头顶上的那只金箍，罩住了自己，方便了别人。作为团队中的一员，一定要保持清醒、充满理性、恒守定力，专心致志做好本职工作。同时，常怀感恩之心，克己复礼，坦诚待人，并坚持以是非曲直看人看事，而不是片面地划分"谁的人"，叨咕"为谁做事"。这才是做人做事的根本！倘能如此，自然仰不愧天、俯不怍地。天地都是你的圈子，还焦虑什么呢？

谈权力

许多人迷恋权力—— 以为手握权柄，便可以尽情享受，这是多么幸福；以为提着权杖，便可以颐

> 无限的权力终究会毁掉它的占有者。
>
> ——[英国]威廉·皮特（1708—1778）

指气使，这是多么神气。实际上，这都是对权力的理解偏颇所致。至少，这样的理解没有与时俱进，仍然停留在封闭的专制社会里。

现代社会，特别是随着时代的发展、科技的进步和文明的前行，应该树立正确的权力观，全面、客观地看待权力。只有这样，面对权力才会保持理智与冷静。

大致说来，权力有这么几个特点：

其一，权力联系着责任。人们似乎往往容易看到权力的风光，却不常常看到与之相伴而来的责任。权责对等，在一个合理的制度设计中，绝不会有超越责任的权力。一分权力一分责任，权力越大，责任往往也就越大。随着官员问责制的有效推行，权力之侧的责任将日渐凸显于大众的视野之中，体察到手握权力者的肩膀之上。

其二，权力影响着悠闲。官员大概算是与权力结合比较紧密的岗位，但古人早就感慨"无官一身轻"。可见，牺牲悠闲经常成

为握有权力的代价。这是很自然的，既然掌有权力，就得处理与之相关的诸多事务。有人认为，"侯门一入深如海，从此萧郎是路人"，体现出人的势利，体现出"一阔脸就变"，这未必是中肯的。实事求是地说，对于敬畏权力的人而言，掌握着权力，的确要放弃个人的诸多闲适生活，包括寻常百姓家的天伦之乐。有权有建功立业带来的荣耀，无权有少了牵挂带来的潇洒。事物总有两面性，试图兼而有之，不是那么容易。

其三，权力蕴藏着风险。有人说，领导干部是一种高风险的职业，这并非危言耸听。曾经听过一句话，大意是说某个官员："如果后来没有当官，也许还活着。"听来让人不寒而栗！为什么现在死了，而且死得不好意思？这不能说是权力的错误，但至少可以这么说，假如当初没有掌握大权，他的确或许没有机会犯下那些置他于死地的罪行。由于周边不少人盯着想分享领导干部手中的权力，领导干部不由自主地被架到了各种矛盾关系的中心，架到了各种人情世故的交汇处，成为"围猎"对象，成为各种贿赂犯罪的指向点、各类诱惑的攻击靶，险象环生，稍不警惕，极易摔跤。

权力是把双刃剑——可以成人之美，也可以陷人于恶；可以让人得到许多，也可以让人失去不少。最根本的原因在于，权力对应着责任，权力有多大，责任就有多重。如果把服务大众的公权当作个人享受的私器，忽视所应担负的责任，被权力吞噬是迟早的事。

谈腐败

古今中外，历朝历代，居庙堂之高者，几乎都声讨腐败，民间同样对腐败深恶痛绝。腐败后果之严重，可谓居于诸

> 任何腐败都来自内部。
>
> ——[古希腊]米南德（约公元前342—公元前291）

种犯罪行为之首。即便行凶杀人，通常也只是一人犯罪一人当，腐败则由于其犯罪的特殊性，许多时候"一荣俱荣，一损俱损""城门失火，殃及池鱼"，不仅累及亲友，甚至让后人背负骂名，抬不起头来。

腐败如此不受待见，公众舆论个个声讨，也许缘自腐败所具有的特性。大凡腐败，归根结蒂，都是滥用本该"为民做主"或本是"为民所赋"的公权力，以一己之私夺众人之利，侵吞公共资产资源，非法占有公众的血汗钱。因此，腐败一旦东窗事发、昭然天下，每每引来义愤填膺。然而，吊诡的是，如此黑白分明、高下立判的事，回望人类历史，腐败却是不绝如缕，令人疑心其永垂不朽，也让史上诸多政权陷于"其兴也勃焉，其亡也忽焉"的历史周期率。这实在是一个悖论！

腐败后果如许严重，古往今来也一直探求惩治措施，为什么却依然"前腐后继"、绵延不绝？即使是某些口口声声诅咒贪官的人，有朝一日位居要津、染指权力，贪腐起来同样当仁不让，甚至有过之而无不及。腐败缘何魅力如许之大？

凡事没有无因之果，一切贪腐都是主客观因素共同作用的结果。分析起来，不外乎几种原因：

一是权力动机不纯。原本就揣着"升官发财"的动机，在这个动机的驱使下，只要有空子可钻、有操作空间，必然是"一朝权在手，便把利来谋"，将公权与私利的转化运用到极致。毕竟，公权变现为私利——长期看，虽然得之未必稳当；眼前看，却是来得快而轻松。何况还有侥幸心理作祟，当事人每每以为神不知鬼不觉。

二是抗不住诱惑力。公允地说，大多数公职人员起初都奉守公平正义，为什么未能善始善终、坚守定力？很重要的原因，在于没能抗住诱惑。尤其是从政环境不佳时，在大染缸里耳濡目染，久而久之，容易放松思想改造，以致温水煮青蛙，逐步认同甚至适应腐败行为，见怪不怪、不以为然，腐败自然在所难免。

三是咽不下一口气。林子大了什么鸟都有，有的人原本也算是正直，但怀揣畸形的争强好胜心理，看见别人"三年清知府，十万雪花银"，或者"水平比我差，官儿比我大"，或者"夜夜笙歌、依红偎翠"，一时间却没有受到查处，于是心态失衡，卷入畸形的攀比和争斗中，由此抛弃操守、自甘堕落，扭曲人格、铤而走险。

四是过不了人情关。"人非草木，孰能无情？""树要树皮，人要面皮"，一些腐败行为，出于为情所困，亲友开了口，自己放不下面子，终至因情误身。殊不知，感情原本让人温暖，但如果是公权私用，温情多半就会变成悲情！有的人正是过不了人情关，碍于情面，终至在亲情、恩情和爱情面前丧失底线，埋下祸根。

五是被人拉下了水。有的手握公权者，或被别有用心者处心积虑"围猎"，或遭贪腐集团绑架、不经意间纳了"投名状"，掉进了圈套。把柄让人捏在手里，自己又拿不出壮士断腕的决心，于是整日提心吊胆，生恐事情败露。踏上了破船、绑上了战车，被人牵着鼻子，一步错而步步错，越陷越深终至不能自拔。

六是劣币驱逐良币。政治生态出了问题，贪腐成风，清廉正直者难免受到打压、排挤。如果一个人未能奉守"天下有道则见、无道则隐"的处世法则，又不能够始终做到洁身自好、独善其身，久而久之，在外部环境裹挟下，往往就会弃善趋恶、随波逐流，让自己适应不正常的政治生态，由此"被腐败"。

还有一种腐败，与"雅贿"对应，可以叫作"雅腐"。源自原本拿得上台面的个人兴趣爱好。晚明张岱说："人无癖不可与交，以其无深情也。"有一点爱好，于人多有"深情"，于己则可养心。《菜根谭》有言，"君子虽不玩物丧志，亦常借境调心"，人有爱好，可以借此舒缓奔波劳顿中过于紧张的弦，活着才会多一些生趣。但对于手握公权者来说，爱好应当有度，不可成癖，成癖则致病，于内本末倒置、玩物丧志，于外难敌雅贿"围猎"。个人的爱好，兴许成了"围猎"的诱饵，这是现实，无须有什么怨言。

腐败破坏公平正义、阻碍文明进步，上不了台面，为人所不齿，但情绪化解决不了问题。唯有理性分析，扭住致腐缘由，坚持问题导向，对症下药、综合施策，才能有效降低发病率，有效防范恶化扩散。防腐措施千万条，简而言之，无非是自律和他律。一方面要敦品修德、强化自律，引导人不想腐不愿腐。"太上有立德""德为才之帅"，失德必然失范。通过思想洗礼涵养道德情操，通过警示教育懂得敬畏法纪，内心的道德律才会起作用。尤其要明白，天下没有免费的午餐，控制不住欲望，终将被欲望控制；天下没有不透风的墙，纸是包不住火的，任何赌徒心态，"时候一到，一定要报"，结局都是"贪一晌之欢，留一生隐患"。公权力的使用有其界限，如果德不配位，腐败崩盘之前的笑逐颜开，终将酿成一生的苦果。另一方面，要监督惩处、强化他律，促使人不能腐不敢腐。仅靠道德教化远远不够，毕竟，人性有其趋恶的一面，慎独慎微并不容易。即使善于识人，把好选人关，蜕变现象也屡见不鲜。因此——要让监督无所不在，使拥有公权力者生活在透明的环境里，尽可能压缩其作案的空间；要加大违纪违法成本，一经发现腐败行为，相关当事人就要付出必要的代价。

"当官为发财，加速进棺材。"腐败不为人所容，终究要受到制裁。所谓不作死就不会死，无论是被小人拉下水，还是侥幸心理下的赌博心态使然，出来混总是要还的。特别是步入信息时代，无处不在的摄像头、录音机等信息技术产物，成为腐败的杀手锏。实践证明，腐败已成为高风险的犯罪，潜伏再深，迟早也会"见光死"。

谈规则

日月经天，江河行地，其经其行，都有一定之规。规则无处不在，遍及宇宙中的各个角落。身处尘世，待人接物，谋

> 世界上的一切，都必须按照一定的规则、秩序各就各位。
>
> ——[波兰]莱蒙特（1867—1925）

生立业，同样离不开规则，这可以称作处世规则。

处世规则有显、潜之分。前者公开透明，可以堂而皇之大方行事；后者上不得台面，是黑幕下的处世法则。照理，邪不压正，显规则为人称道，潜规则为人诟病。然而，在处世规则问题上，讲一套做一套的"两张皮"现象比较突出，有人甚至公开认为，要想生存发展，必须学会并善于运用潜规则。于是，"潜者生存"大行其道。

实际上，"潜者生存"是个伪命题。

其一，有关"潜者生存"的鼓噪，古已有之。抹去数千年历史落定的尘埃可以察见，显、潜规则从来就如同阳光朗照下并存的阳阴两面，一明一暗地存在着。正是如此，早在春秋时代，孔子就有"人心不古"之叹。这就是说，信奉"潜者生存"并非某个时代的特定现象。明白了这一点，就会理性一些、平和一些，既看到社

会中存在的问题，又不放大或缩小问题，从而不会误以为"潜者生存"的鼓噪是所谓的新生事物，是某个特殊时代之需，内心就会少一些焦躁感。

其二，"潜者生存"，是以"天知地知你知我知"为假定条件的黑幕交易法则。既是交易，必然以利益为人际往来的唯一标准。以利相交，利尽则散，必然是一锤子买卖。同时，现实也表明，"四知"只是假定而已，不存在可能性，发生过的事终究要为他人所知。诚如美国前总统林肯所说，"你能在所有时候欺骗某些人，也能在某些时候欺骗所有的人，但你不能在所有时候欺骗所有的人"，走多了夜路难免碰见鬼。正是如此，从本质上说，"潜者生存"是一场赌博。与所有的赌博一样，十赌九输，按潜规则行事，照例是赌得了一时之利，赌不了长久之安，早晚要栽大跟斗，付出惨重代价。

其三，信奉"潜者生存"，多是浮躁所致。人心一浮躁，就容易迷乱心性。为名利唆使，看着别人得风得雨，缺乏自信和定力，于是对潜规则青眼有加，指望借其暗度陈仓，快速攫取一己之得。病急乱投医，往往容易吃错药，效果适得其反。不可否认，在经济体制深刻变革、社会关系深刻变动、利益结构深刻调整、思想观念深刻变化的特殊时期，"乱花渐欲迷人眼"，守住心灵的宁静并非易事。然而，"风物长宜放眼量"，在这个时候，如果有登高望远的大眼光，有海纳百川的大胸怀，沉着冷静，不急不躁，或许更能成就大业。

其四，主流社会张扬的始终是显规则，尤其在日渐透明的信息时代。潜规则的特点决定，它见不得阳光，为主流社会所不容，只能偷偷摸摸地进行。即便某个时期存在着比较便于"潜者生存"的土壤，人类向善的趋向也必然决定，"天下乌鸦一般黑"只会是短暂现象，乌鸦不可能在天空盘桓太久，潜规则必定难以安身。

胜己者自胜。一个人不仅要有"自知之明"，还要有"知世之明"，要能够透过显、潜规则的较量，于知世中增强自信，排除障碍，排除干扰，坚持按显规则厚道待人、地道行事，而不要放大了潜规则的功用，否则是要误身的。

谈规矩

悬衡而知平，设规而知圆。

——[中国·战国]韩非子（约公元前280—公元前233）

被誉为"半部治天下"的《论语》提出"为国以礼"，"礼"的实质便是"规矩"。规矩是"家常话"，更文化味的说法，叫作规定或程序。它是通过寻找工作中富有规律性的东西，以规章、文件等形式提出的规范性要求，从而使工作有章可循，步入科学化、制度化轨道。

实践证明，"没有规矩不成方圆"，规矩顺，一顺百顺。强化规矩意识，坚持按规矩办事，才能减少随意性和盲目性，行事才能顺顺当当、"从心所欲"，运转才能顺畅有序。否则，就容易乱套，导致"曹营的事，实在难办"。

讲规矩，一要坚持按角色办事。每个角色都有其相应定位，要始终明晰自身角色，找准工作定位。角色职责所系，做到"到位不越位、进位不缺位"。不是非常时期，原则上不在其位不谋其政。二要多请示汇报。角色所致，该请示的要及时请示，该汇报的要及时汇报，但不宜越级请示汇报。公文办理中即明确要求：不得越级向上级机关行文，尤其不得越级请示问题；因特殊情况必须越级行文时，也强调要同时抄送被越过的上级机关。三要凡事讲程序。机动性、灵活性、特殊性固然需要，但常规情况下，该走的程序还是要走。因为，一旦坏了规矩、疲沓下来，重构秩序的难度非常大。

善于制定规矩是讲规矩的基础。要按照有效、管用、好操作的原则，建立起各方面的行为准则和办事指南。当然，"矩无固宜""约定俗成谓之为宜"，任何规矩都未必是唯一的，但所制定的规矩必须符合规律，且一经明确，就要在一定时期内保持相对稳定，朝令夕改必然导致无所适从。

严格执行规矩是落实规矩的重要保障。有规矩不执行，甚至比没有规矩还坏事。要强化执行意识，坚持按规矩办事。一要宣传规矩。只有广为人知，规矩才有价值。要让相关方面了解规矩，熟悉规矩，知道怎么做才符合规矩。二要维护规矩。规矩的效力在于不折不扣的执行，违背规矩的事情多了，规矩就会失效，"周幽王烽火戏诸侯"的悲剧便在所难免。需要强调，在工作中，不是岗位职责，即便别人不大熟悉，一般也不要轻易越俎代庖，要给别人熟悉的机会。特别是身为领导干部，决不能纵容破坏规矩的行为，不能助长不讲规矩之风。有些领导以为打小报告的人是对自己忠诚，其实，此举坏了大体，贻害无穷，聪明的领导不会欢迎爱打小报告的人。当然，特殊情况下，为了防止误事，尽管不是自身职责，也要多一份关注，有情况及时补救。这是另一个层面的事，但需要用一定的方式解释清楚，避免规矩成了儿戏。三要合理问责。工作中出了问题，谁的责任谁负责，该打谁的板子就打谁的板子。板子打错了，不只是委屈了某个人，更是对规矩的亵渎和破坏。

谈慎众

> 大丈夫行事：论是非，不论利害；论顺逆，不论成败；论万世，不论一生。
>
> ——［中国·明末清初］黄宗羲
> （1610—1695）

"君子必慎其独也"，古语口耳相传，慎独的道理大多数人应该都很明白。大意是讲，莫说"神不知鬼不觉"，举头三尺有神明，独处同样要兢慎。信息时代人过见痕，因不慎独而酿成的悲剧比比皆是，慎独越发让人领悟至深。并且，做人不是做给别人看，而是自己心安理得，这是人生信条。三更半夜也不闯红灯，无人问责也严以律己，才是大境界！

对"慎众"有深刻体悟者，也许就没那么多了。多少人信奉"法不责众"，遇到获取不正当利益的机会，觉得周围一些人都敢做，自己不做就吃亏了。鲁迅笔下的阿Q，调戏小尼姑还振振有词："和尚摸得，我摸不得？"把自己臆想的别人的错误当成自己犯错的理由，这是什么逻辑？典型的歪理！阿Q这人就是不慎众，或者说抱有从众心理。类似阿Q这样的心态，其实不少人都有。

当然，有的人是被别人的从众心理驱使：你怎么这么胆小？你怎么这么没用？人家都这样干，你怎么不能干？看似一番好心，实际上把人带进沟里。同志，一件事能不能干，你得看看事情本身的是非曲直，而不是盲目地看别人有没有干。该干的事，别人没干你也干，这叫"闯劲"；不该干的事，别人干了你也不干，这叫"定力"。别人干与不干，压根就不该是你的取舍标准。心中要有个谱，不适合干的坚持不干。

所谓"一盲引众盲，相牵入火坑"，盲目从众是危险的。有人创造了一个词，叫作"乌合之众"，被人挟持、带节奏，危害自古就不鲜见。十多年前，一位领导者说，处理群体事件，宜散不宜聚，避免因不合适的人员聚集加剧从众心理、扩大事端，也是这个道理。立身处世，务必头脑清醒、心明眼亮，面对不适当行为，坚持做到慎众，近淤泥而不染。须知，埋下祸根，说不定哪天破土而出；留下隐患，保不准哪天平地惊雷。所谓"不是不报时候未到"，因盲从而自寻烦恼，一有风吹草动就惶惶不可终日，何苦呢？因盲从而酿成人间悲剧，一朝失蹄坠入万丈深渊，何必呢？

还有一个意义上的"慎众"，与"慎微"有关，出在自己身上。也就是，此前自己不慎做了某件不适宜的事，后来又遇上类似事情，想想上次都做了，再做一次又何妨。于是沿用前例，从了上次的"众"，往泥淖里越陷越深。却不知道，"一之谓甚，其可再乎？""君子不贰过"，不适合做的事，原来懵懵懂懂，不小心做了，本身就是问题，如果继续做，程度就更深了，错误或罪行就更大了。这就如同玻璃窗，本来失手只打了一个小裂缝，粘一粘还能顶用，你却觉得反正都裂开了，再砸一下也没什么大不了的，结果"哐当"一声四分五裂，苍蝇、蚊子、大北风悉数进来了。

慎众，不盲目从众、随大流，不仅少留后患，而且内心淡定。人生，最好的状态就是放心，刮风下雨，半夜敲门，一样岁月静好！老老实实做人，踏踏实实做事，何乐而不为？心中要有准绳，遇事多掂量掂量，不适宜做的事，再多的人做都坚决不做。别人怎么说、怎么看，那是别人的事！

明理・察世间规律

生如冬雪。这世上的理，其实并不复杂。冰天雪地，化繁为简，冰雪融化，以简驭繁。「删繁就简三秋树，领异标新二月花」，透过繁杂的表象，辩证、取舍、时宜……基本的规律就那么多。

【国维三境】

昨夜西风凋碧树，独上高楼，望尽天涯路；

衣带渐宽终不悔，为伊消得人憔悴；

众里寻他千百度，蓦然回首，那人却在，灯火阑珊处。

本卷要目

谈理性

人不能失去感性，不然便成了机器人，或冷血动物，但许多时候，又不能没有理性，尤其在评判人事时。

> 照耀人的唯一的灯是理性，引导生命于迷途的唯一手杖是良心。
>
> ——[德国]海涅（1797—1856）

什么叫理性？就效果而言，我以为便是冷静、客观，接近于本相；用哲学思辨来说，则是以全面的、辩证的、动态的眼光看问题。我经常反思自己：看人看事，究竟理性与否？究竟靠不靠谱？究竟有多少准确性？近来看了两则资料，觉得真不大容易。

其一，关于"一刀切"。这个问题我琢磨已经很久了，我觉得"一刀切"体现出水平的欠缺，其来由在于图省事，其后果将导致片面化。这个认识应该不错，但是否可以因此完全否定"一刀切"？从实践看，与"原则上"一样，由于执行中弹性过大，有时不搞"一刀切"反而可能生出许多名堂，权衡之下，倒不若"一刀切"后遗症要小一些。鉴于此，必要时还得"一刀切"。

其二，关于"李广难封"。年轻时读《滕王阁序》，见"冯唐易老，李广难封"前为"时运不齐，命途多舛"，便以为飞将军李广之所以"难封",原因在于缺少伯乐或上司不善用人。近读一文,发现李广的"难封",也许要害在于内因,出于李广自身的素质存在重大缺陷。从领导艺术的角度看,李广治军缺少章法、随意性强,且心胸狭隘,不善于发挥团队的作用。李广的个性似乎很可爱,也确实有不凡本领,却不是一个合格的领导者。像他那样带兵,可能出奇制胜,也可能全军覆没,风险太大了。这样的人如果位居要津,很可能酿成大祸。对此,司马迁在对比同时期将领程不识时,早就做了非常精妙的评论。说到这,想起了韩信。刘邦曾问他彼此分别能带多少兵,韩信的回答是,刘邦只能带10万大军,自己则是多多益善,理由是"陛下不能将兵,而善将将"。两个故事对照起来看,更知能力这东西,还是存在差异性。

我们看人看事,一定要理性分析具体行为下的具体背景。断章取义,如果不是别有用心,就是水平太低。而其后果,则容易导致无甚意义的争论甚至谩骂。

谈辩证

素来认为，如果不带偏见，无论怀揣哪种意识形态，唯物辩证法关于用联系的、发展的、全面的观点看问题，这个主张都不失为人间的大智慧！

> 当一个人试图靠辩证法通过推理而不管感官知觉，以求达到每一事物的本质，并且一直坚持到靠思想本身理解到善的本质时，他就达到了可知世界的顶峰。
>
> ——[古希腊]柏拉图（公元前427—公元前347）

联系的、发展的、全面的，一言以蔽之，都是辩证的。辩证是应该持有的一种基本思维模式，因为，我们认知的对象原本就是充满辩证的。以辩证看辩证，合乎本相，自然能得其真知。

辩证既可以概括纵向，也可以概括横向。纵向看问题，认为凡事要有发展的眼光，此一时彼一时，不同条件不同表现，这就需要具体情况具体分析；横向看问题，认为凡事要有全面的观点，兼则明偏则暗，综合各方面因素，才能得出比较客观、比较接近本原的结论。支撑纵向看、横向看的，则是联系的观点，彼此之间联系在一起，才能串得起来。

任何事理，只要我们辩证地看，总会更加理性一些。也正是在辩证的思维模式指导下，对于许多人与事，我们可以"看得进、容得下、受得了"。很多时候，我们也许不赞成、不支持，但大抵能够理解。

谈是非

有些时候，人的视角很是可疑。由于看问题不周全，偏执一方，导致出现偏差，过度地模糊了"是"与"非"的界限，由此得出失当的结论。

> 除了能明辨是非的灵魂之外，世界上最宝贵的就是黄金和钻石。
>
> ——[法国]拉布吕耶尔（1645—1696）

前段时间随手翻阅杂志，读到一则有关孔子的故事。故事中说，根据当时鲁国的法律，如果鲁国人在外国沦为奴隶，有人出钱把他们赎出来，可以到国库中"报销"赎金。孔子的门徒子贡做了这样的事情，但他拒绝了国家抵偿给他的赎金。他原以为自己的这一举动会得到老师的表扬，不料受到的竟然是批评。孔子认为子贡的做法开了一个坏的先例，将导致鲁国人不再愿意替沦为奴隶的本国同胞赎身了。因为，大多数人没有子贡这么巨大的财力，不能不在乎这笔赎金，如果为了赎人而白白付出赎金，自己的生活就可能受到重大影响，何况并非所有的人都有子贡那样的道德水准。关于这个问题，孔子做了一个很精辟的论述，大意是：你收回国家抵偿你的赎金，不会损害你的行为的价值；你不拿国家抵偿的赎金，就破坏了鲁国关于代偿赎金的好法律。因此，道德角度上的"做得好"，未必是事实上的"做得对"。这个故事告诫我们：不要轻易表扬一个人。

近日看了一则电视新闻，是关于加薪问题的。按照一般的常识，作为职工，都是欢迎加薪的，但实际情况未必如此。理由至少有二，而且是连环的：由于政府要求为职工加薪，企业便减少用工人数，这就造成了更多的失业；用工少了，事情却没减少，则必定要增加职工的工作量。与加薪相似，今晨看电视，得悉法国人正关注工作制问题。新的改革方案废止每周35小时工作制，恢复39小时工作制。虽然据说这项改革旨在鼓励大家"多工作多拿钱"，但却引起了一些人的强烈不满，他们认为这剥夺了他们休息的权利。这一新闻告诉我们：不要轻易决定一件事。

21世纪之初的一年多，我曾与农业农村工作有过较多接触。其时，在探讨"三农"问题、增加农民收入时，有一个时髦观点，叫作"转移农村剩余劳动力"。我一直没有仔细琢磨过"剩余"二字的含义，前天随手翻阅报刊，见《是剩余劳动力还是优秀劳动力转移》一文，发现自己的头脑实在是简单了多年。无论是外出务工者或经商者，所谓的农村剩余劳动力，其实往往都是农村中最优秀的劳动力。因此，与其说"剩余劳动力"，不如说是"优秀劳动力"，这样或许更符合事实。别看这解读短短一句话，它却告诉我们，农村劳动力的转移绝不像想象中那样简单，它在解决"三农"问题上所发挥的作用，应该有更全面的分析。因为，与城市一样，农村同样需要年富力强、有知识、有头脑、有手艺的农民。农村优秀劳动力的大量转移，固然可以使部分农村家庭尽早摆脱贫困，走上富裕，但对农村的整体发展，也许会有一些负面影响。这篇文章启示我们：不要轻易认准一个理。

这就是说，是非观念是必要的，否则便容易对错不分、黑白颠倒，社会就要乱套。然而，不是所有的人、事、理都容易定出一个是非，看一个人、一件事、一桩理，一时半会难以做出一个准确的判断。所以，遇事应当冷静，千万不要轻易表白"是"与"非"，草率地做出结论，特别是在一个人的结论很有影响力的情况下。

是非评判不当，对人的伤害尤其大。草生一秋，人生一世，在论人是非方面尤须兢慎。囿于条件所限，一个人所掌握的信息量总是有限的，也就未必能够时时处处全面把握真实情况。所谓"横看成岭侧成峰"，不同的个体，即使掌握的信息量相当，如果看问题的角度不同，做出的判断也可能出现天壤之别。要不，怎么会有"说你行你就行，不行也行"这样的顺口溜？怎么会有"欲加之罪，何患无辞"这样的冤假错案？

或许有人会说，"是"就是"是"，"非"就是"非"，真相总会大白于天下，不是有句话叫作"好在历史是人写的"？道理是这样的，但应该看到，历史是需要时间的。在没有足够的时间积蓄判定是非的信息之前，任何评判都可能是飞短流长信口雌黄。也许正是如此，古人有言："闲谈莫论人非。"

鉴于此，第一，不要随意议论张家长李家短。第二，不要轻信别人嘴巴里出来的是是非非。第三，不要太在乎别人的点评。关于第三点，别人点评了你，听后细细反思，表扬的话当作勉励，批评甚至中伤的话，则在确认自身无过错之后，坦然地照自己的路走下去吧。如果因之生气，乱了方寸，反而正中好事者的圈套。被别人口舌间的是非折磨，真是不合算！

谈取舍

有人说，人生不怕路少，而怕路太多。路少，别无选择，往往能闯出一条路来；路多了，眼花缭乱，反而左顾右盼

有取有舍的人多么幸福，寡情的守财奴才是不幸。

——[波斯]鲁达基（858—941）

迟疑不决，结果徘徊不前无路可走。其中的潜台词是，取舍是人生的一种需要。很多时候，我们的路并不少，但茫然不知如何取舍，于是，路多与没路无异。懂得取舍，才能目标明确，从而步履坚定。

为什么会不知取舍？原因不外乎三点：其一是图全图多。什么都想拥有，什么都不想放弃。这当然是不可能的。物理学上有一个能量守恒定律，成语里有"失之东隅，得之桑榆"一说，都在某种程度上启示人们，造物主是公平的，它的光辉不会集中投射到某一个人身上，每个人都面对着诸多取舍。其二是不知所需。看不到问题的关键，抓不住主要矛盾和矛盾的主要方面，不明白自己真正需要什么。于是，走一步选一步，如同狗熊掰棒子，掰一根、丢一根。其三是高估自己。认为自己方方面面能力超强，应该有所谓相匹配的所得，却不知这是自我感觉良好。术业有专攻，人人有强

项，也都有软肋，对此必须正视、不可遮掩。看不到这点，那是近视；躲躲闪闪，那是心虚；霸王硬上弓，非要得到，那是不自量力。看不到自己的不足，也就不懂得放弃，所谓取舍，即是空谈。

如何取舍？这是一门艺术。大体上说，善于取舍，一要明得失、抓要害。鱼和熊掌大多难以兼得，戒除贪欲，认准自己的需要，"舍末逐本"，取大弃小。二要知退守、能忍让。着眼长远，学会妥协，懂得进退，非事关原则问题，退一退，让一让，放一放。三要察实情、不盲目。此一时彼一时，此一人彼一人，形势变化了，主体调整了，取舍的标准也就不一样。举一个例子，有时路程远，我们选择步行，路程近，反而打出租车了。奇怪吗？不奇怪！因为路程远时步行，或许是我们想借此锻炼身体，或看看沿路的风景；路程近时打车，却可能是要赶时间。其间与省钱有关吗？看来不一定。

心中要有准绳，取舍要有尺度。古人讲："该为不为谓之陋，不该为而为谓之恶。"取舍是不容易的，任何时候、任何情况下，都要保持头脑清醒，力求做出正确的选择，在正确的时间做正确的事。

谈简约

大道至简，简约的生命力最为长久。因为简约不是浅层次的表象，而是深层次的本质，是事理的真相。本质的东西往往长久一些，这是不言而喻的。

> 简单是终极的复杂。
>
> ——[意大利]达·芬奇（1452—1519）

删繁就简，是认知事理、开展工作的一项基本方法。如何就简？关键一点，是要透过浮在表层的现象，看到并抓住事物的本质。本质是什么？所谓万变不离其宗，本质就是恒定不变的"宗"，是剔除细枝末节之后的主干，是剥除华美外衣之后的躯体。把"宗"抓住了，也就把握了"简"。

为什么有的人不仅没能复杂问题条理化、简单问题精细化，反而常常弄成了简单问题复杂化，原因不外乎两条：要么是水平不足、能力欠缺，抓不住要害瞎胡闹；要么是别有用心、另有所图，指望浑水摸鱼得私利。

谈名利

完美的行为产生于完全的无功利之心。

—— [意大利]切萨雷·帕韦泽
（1908—1950）

据说乾隆皇帝下江南时看见江上船来船往，热闹非凡，便问随从那些船只里装着些什么。纪晓岚一语道破天机："一个是名，一个是利。"

"名"和"利"，区区两个字，谁解其中味？

纪学士给名利分家，其实，"名"是雷声"利"是雨，名利相生，二者是一对孪生兄弟。一般说来：名气大了产生"名人效应"，赚钱不会很难；舍得投入可以沽名钓誉，扩大社会知名度。前者如影视圈红人，一旦被媒体炒热，一颦一笑，出场费都极为可观。后者如商界暴发户，肚子里没多少货色，可是口袋里有钱，出名也有办法，雇一个写手编一本"自传"，花一笔钱进一部名人录，一不小心就金贵起来了。我只是一介凡夫小卒，因为闲时偶尔砌砌方块字，不知怎的就被人瞄上了。少不更事，竟屡屡收到来自各方面的函件，吹一阵风，称我如何如何地如何，接着挑开幕布，伸将手来，其意简单明了：只要肯放血，"国际文化名人"也可以给封上一个，由此足见出名的容易。哈哈哈，自己几斤几两还会不明了？受之有愧心里不踏实啊。每遇此等事，我总是付之一笑。

　　人并非不食尘世烟火的神仙，开门七件事，柴米油盐酱醋茶，一张深不见底的嘴巴，要吞下多少食粮？何况，人总是充满着各种欲望，有饭吃便寻求食不厌精，酒足饭饱之余便寻求更高层次的享受。这一切，拥有名利唾手可得，滚滚而至煞是快活。既然如此，追名逐利就有了动因。实实在在的好处，还装什么斯文啊？

　　奇怪的是，居然还有这么两句俗语。其一是"人怕出名猪怕壮"。猪肥壮了要挨宰，成为案头肉；人名气大了容易招妖引怪，惹出是非来。严子陵聪明得很，他在功名显赫之时便隐退江湖，到富春江钓鱼去了；韩信的见识却要差一些，他不知深浅不明进退，结果名高天下勇略震主，只好"生死一知己，存亡两妇人"，落得个三族皆灭的地步。其二是"人为财死，鸟为食亡"。道义放两旁，利字摆中间，有了钱就忘记了一切，为了蝇头小利争得你死我活，弄得个伤痕累累。更有甚者，由于富甲一方以至丢财丧命。例子很多，清代的和坤大约可以算作是一个。他当政20年，家产超过大清帝国年收入的10倍，到头来抄家问斩，死前吟诗叹道："百年原是梦，廿载枉劳神。"世间一些热衷社会公益事业的富商，不能说其中丝毫没有怀揣疏财护身意图的主儿。

　　看来，问题有些玄乎。对于名利，人们真有点叶公好龙的味道，一方面求之不得，另一方面又有些后怕。突出的表现就是，许多人血气方刚时混迹于名利场，摸爬滚打一辈子，也许踌躇满志，也许壮志未酬，中午时，却不约而同地与黄老那一套好上了。蓦然回首，慨然唏嘘，悔恨经年为了身外之物失却了很多，一条"淡泊名利"的横幅遗赠后人。入世出世，多少人不见棺材不掉泪，重复着与前人相似的轨迹。唉，人们啊，你们为名利所感，在名利场上苦苦折腾，待到日薄黄昏华年不再，方才觉悟到终归是竹篮打水一场空，可惜此时已是无可奈何花落去，人生不能重新做规划了。

　　我不是伪君子，不喜欢自命清高超凡脱俗。"吾道一以贯之"，假如吉星高照，我绝不拒绝名利。然而，至少有两种"名气"不能欣然笑纳。一是古人所谓的"暴得大名"。名来得太突然，心志修炼没有到家，一般人是消受不起的，容易"折杀了老太太"，王安石笔下的方仲永就是一个典型。另一种是华而不实徒有虚名。没有雄厚的事业作为根基，名是靠不住的。火候不足底气欠缺，名气最终只是一阵热气，一眨眼就消散了。经得起时光洗涤的名声应该不是刻意追求所致，而是事业的衍生物。历史上许多名垂青史的伟人对此很有体会，他们深知，"功名功名"，名因功来，功成名就，有了"功"，"名"就水到渠成。一个人只要真正为社会做出了贡献，老百姓记住了，还由不得你不想万古流芳呢。或许，这就是所谓的"功到自然成"。

　　名利不是洪水猛兽，热衷名利不可取，畏惧名利同样不足为训。理想的态度是，心清似水人淡如菊，埋头实干一心耕耘，名利袭来时安之若素，人生平淡处也不忧闷。毕竟——滚滚红尘，看破了索然寡味，容易遁入空门；看重了心劳力瘁，往往烦恼无穷；看淡了才会自由自在，活得潇潇洒洒。

谈事功

古人讲："功到成处，便是有德；事到济处，便是有理。"做事求功，原本也理所应当。要不然，还不如高枕而卧、颐养天年呢。

工作是我的一切，我生来就是为了工作。即使我身后什么也没有留下，即使我所有的业绩全部毁灭。

——[法国]拿破仑（1769—1821）

"功"由"工""力"二字组合而成，可见，要有事功，必须用力工作、苦干实干。做了不一定成功，但不做一定不能成功。工作不得力，功从哪里来？有人问，劳而无功的人，是不是工作不得力？静静端详，他们貌似用了力，其实不着边际。或者说，所用的力气偏离了方向，没有用到正处。常人讲的"有苦劳没功劳"，正是这种情形。这就好像扛枪射击，没有打中目标，甚至击中了不该打击的地方。子弹确实是打出去了，"啾啾啾"响了一阵子，但能算是有功吗？如果打错了地方，说不定还要受到惩罚呢。

有功的人得到表彰，也是理所当然。谁都没有功劳，就意味着事情没能做好，事办成了，正是得益于有人劳而有功。所以，事成之后论功行赏，自古以来便是基本的法则。但事功面前，有必要坚守"二不"，即不表功、不揽功。不表功关乎境界，不揽功关乎品质。功成名就，利随功来，功能够给人带来名利，能避功者自然是高人。高人难能可贵，不是一般人可以企及的。做高人难，不能企及也就罢了，可惜，有的人却热衷于贪天之功，巧于心计，大肆揽功，因而毁了自身的品质，成了贱人，那就太不足取了。

世间高人少，贱人也不多，大多数是俗人。俗人事成之后表表功也不是大的过错。再一琢磨：揽功固然不足取，表功也不必为之。是谁的功劳？聪明人自然可以看出个究竟，用不着表；再者，假如对方原本就不怎么聪明，看不出来，你就是表功，又会有多大的意义？

事功这个事儿，还是要看明白。打油六句：做事图有功，原本不是罪；世上多少人，总为事功累；且自谋事功，功成自个睡。

谈事务

在一个团队中，难免要应对各类事务。对待事务取一个什么样态度，并非小事一桩。

谁肯认真地工作，谁就能做出许多成绩，就能超群出众。

——[德国]恩格斯（1820—1895）

一要不避事。

每一个岗位都对应着一定的职责和事务，在其岗谋其事，是应尽之责，自然不宜躲躲闪闪。"为官避事平生耻。"就公务员来说——大而言之，避事对不起党和国家；中而言之，对不起广大纳税人；小而言之，对不起身边的同事。关于最后一点，道理是再朴实不过了。想想看，团队就那么些人，事情总要人做，如果避事，把本该自己做的事推给别人，能算厚道吗？

二要不揽事。各司其职，不是自己职责范围内的事，一般情况下，不要随随便便去包揽。这样做的目的，既是为了有更多的精力做好本职工作，也有助于给别人发挥能力的空间。不揽事不代表对别人漠不关心，必要的时候，要有协作精神和合作意识，在别人需要的情况下，尽力予以相助。

三要不多事。同在一个团队，和谐共事相当重要，要自觉做一名好共事的合作者。为此，对别人职责范围内的事，要保持必要的距离，少评头论足，少空发议论，以免惹是生非。当然，如果事关原则性问题，忠言逆耳还是要的。做老好人，和稀泥，同样是对同事的不负责任。

四要不怕事。做事情难免会出问题，这是客观现实，不要害怕。谁也不是圣贤，哪能不出差错？只要出于干事业，真心为了工作，明白人总会予以谅解。不过，出了问题后，不宜对此无动于衷，要好好汲取教训，加以改进。如果是别人把事情办得不够圆满，甚至办砸了，则要少责怪、多分析、善处理，协助对方加以改进。

谈时宜

看人看事，结果不一样。大致有两个原因：一是观察者的角度有别，"横看成岭侧成峰"，不同的视角看出去形状各异；二是事物所处环境有异，"此处大虫彼处虎"，不同的地方叫法不同。角度与环境变化了，得出的结论必然不尽一致，甚至大相径庭。

> 最好的骏马适合于最好的骑士，最好的语言适合于最好的思想。
>
> ——[意大利]但丁（1265—1321）

别人取什么角度，我们难以把握，但每个人可以选择特定环境下自己的行为。也就是说，我们的行为应当合时宜，要符合这个时段、这个地点、这个境况的要求。同样的行为，人生时段不同、身份不同、场合不同，人们所做出的判断和结论也会不同。有的人没有弄明白这一点，做出一些不合时宜的事情，因此受到指责，还感觉受到了莫大的委屈，实在是令人叹息。

比如，避开地域文化差异不说，同样是搂搂抱抱——在公园一角可能叫作浪漫，在未成年人聚集的地方，则可能被斥为不要脸，这是场所之别；年轻人之间可能叫作充满温情，老年人则可能被斥为老不正经，这是年龄之别。无论是场所还是年龄，不符合大众的普遍认知，就是不合时宜。

人是社会的人，谁都不是孤立的存在，时宜不可不讲，道理显而易见。那么，什么叫"合时宜"？所谓合时宜，就是得体，合乎普遍认可的法度，看上去很自然，没什么不对劲。穿一套衣服，尺码适中，度之适宜是得体，过犹不及就是失体；做一件事情，名正言顺是得体，师出无名就是失体；讲一个道理，到什么山唱什么歌是得体，对牛弹琴就是失体。

忽然，我想起"股神"巴菲特21岁时的预言：自己将来会变得很富有，"但不是因为我有什么了不起的长处，甚至也不是因为我很勤奋，而只是因为我在一个正确的时间和正确的地点做了正确的事情而已"。看到这话，眼前不禁一亮：正确的时间，正确的地点，做正确的事。"三个正确"，就叫作"合时宜"。

谈英雄

说到底，历史是由人民群众创造的，但这并不否认英雄人物在人类历史上发挥的独特作用。基辛格博士在《论中国》中

> 英雄就是这样一个人，他在决定性关头做了为人类社会的利益所需要做的事。
>
> ——[捷克]伏契克（1903—1943）

指出："中国人总是被他们之中最勇敢的人保护得很好。"这里讲的"他们之中最勇敢的人"，其实便是"人民群众中的英雄"。

何谓英雄？各有各的表述。鲁迅先生说："我们自古以来，就有埋头苦干的人，有拼命硬干的人，有为民请命的人，有舍身求法的人……虽是等于为帝王将相做家谱的所谓'正史'，也往往掩不住他们的光耀，这就是中国的脊梁。"鲁迅先生眼中的"中国的脊梁"，实际上指的正是英雄人物。由此看来，人中俊杰，社会栋梁，乃至芸芸众生中一切优秀分子，都可以被称作英雄。

每个民族都有自己的英雄人物，中华民族历史悠远，中华文明绵延不绝，英雄人物更是灿若星河。如何对待英雄人物，折射出一个民族的品格，决定了一个民族的未来。郁达夫先生在纪念鲁迅时指出："没有伟大的人物出现的民族，是世界上最可怜的生物之

群；有了伟大的人物，而不知拥护、爱戴、崇仰的国家，是没有希望的奴隶之邦。"因为每每比常人见事早，英雄在不为人知的时候，常常是寂寞的；因为敢为人先，英雄也常常是要付出惨重代价甚至生命的。"我不入地狱，谁入地狱？"英雄的牺牲精神感天动地！正是如此，感念英雄、崇尚英雄，应该是健康社会的普遍认知与大众共为。

如是我云：淡忘英雄者必然无知，矮化英雄者必定无耻，崇尚英雄者必将无畏。无知者不懂历史，无耻者失去当下，无畏者拥有将来。致敬英雄！

谈钱流

> 善理财者，不加赋而国用足。
>
> ——[中国·北宋]王安石（1021—1086）

如果做这么一个判断，"社会的本质是流通"，这大抵是不错的，这样的判断似乎也符合辩证唯物主义的观点。辩证唯物主义认为，世界是普遍联系的，又是永恒运动的。世界靠什么普遍联系？靠的就是彼此间的流通，也可以这么说，流通是联系过程中运动的表征。

流通无所不在，人流、物流、钱流、信息流，以及居于核心地位的人流之间所碰撞产生的文化流，等等，都是其中的表现。任何一种流通都如同链条一般，一旦某个环节卡住了、停滞了，流通就会受阻，并由此引发连带反应。

经济是基础，钱的流通波及面极广，尤其在经济全球化的背景下，钱流可谓是各类流通中影响面极广的流通。钱流发生问题，关系千家万户，甚至动摇一个国家乃至全球金融大厦的稳固。美国第二任总统约翰·亚当斯说："要击败和奴役一个国家有两种方式，剑和债。"债务可能将一个国家压垮，而债务正是钱流的产物。冰岛因为债务太多，全民公决虽然一致表示不归还英国的债务，但这起码是政府信誉的倒闭或破产。正是如此，钱流应该引起足够的关注。

关于钱流，至少需要明确两点：

其一，钱是需要流动的。钱在流动中体现自己的价值，钱如果永不流动，即是废纸一堆。因此一方面，当钱多出了自己所可能使用的范围，流动与否无关紧要时，它就成了概念和摆设，如同有些人手机里永远不会使用的某些功能；另一方面，如果有适量的余钱，必要时促进它的流通，可以更好地发挥其作用，甚至于，它会拥有生育功能，繁衍出更多的钱。

其二，钱的流动宜有约束。钱流如水流，多了泛滥，少了，则将失去必要的滋润功能，因而，钱的流动量要有度。同时，钱的流动要审慎。钱流看上去很美好，各取所需、相得益彰，理论上彼此信守承诺，钱能有序流动。但应该看到，钱是一个势利的家伙，或者说它的主人很狡黠，一旦发现苗头不对，再大方的钱都会很快隐匿起来。由于钱是公用品，是人们互通商品有无时的重要媒介，是维系人们共享的金融体系的纽带，这就决定，任何借贷行为都不会仅仅是个人行为，都不大可能与他人无关。现实多次表明，那种认为别人的借贷关系与自己毫无瓜葛的看法，是相当短视的。屡屡席卷全球的金融危机，不少的情形，即是由于某些金融大鳄缺乏风险意识，只看到钱能生钱，却忽略了钱的势利，忽视了借贷者的狡黠（即便这种狡黠的确出于事实上的无法偿还），忽视了自身的资金稳定能力，而不计后果地推出诸如"零首付"之类的超常规借贷方式，无所顾忌地开发金融衍生品，扩大投资规模，最后终于危及了钱的流动，让钱流在某些地方某些环节搁浅。这样的结果，看似症结在于金融机构与借贷方，却无可置疑地把全社会的人绑架进来了。鉴于此，关注钱流，关注金融机构的借贷行为，牵连着每一个人的权益，包括那些无须直接与银行打交道的人。

钱是商品交换的媒介，金融是现代经济的血液，钱流与每个人的关系实在是太密切了。这个问题也许很多人不大了解，因此，有必要再深入浅出一些。举例说吧，以钱流为生存根本的银行，当它收不回贷款，或者投资失败时，其结果便是破产。银行破产的结果又是什么呢？不外乎两种情况：一是国家置之不理，则相关国民的财产化为乌有；二是国家承担善后事宜，将破产银行收归国有，则可能导致国家破产。前者直接损害国民的利益，后者同样对国民带来影响。试想，国家都破产了，国民又能相安无事吗？

善良的人们，真的不要小看了钱的流动！

谈节约

一粥一饭，当思来处不易；半丝半缕，恒念物力维艰。

——［中国·明末清初］朱柏庐
（1617—1688）

2005年《光明日报》征集"节约箴言"时，我充满热情地写道："于人类而言，节约是可持续发展的必然要求；于个人而言，节约是幸福人生的重要条件。不节约，资源将过早地耗尽，可持续发展就是空谈；不节约，财富将难以积聚扩大，生活的风险将大大增加。因此，节约不仅仅是一种美德，更是一种需要。"我以为，对于某些人而言，说美德有些奢侈，说需要则是利己的底线。我的这一"箴言"刊发于当年10月6日《光明日报》上。

我始终认为，节约应该成为生活习惯，即使"不差钱"，即使富得流油，即使没有后顾之忧。该用的不拘谨，大大方方地用；能省的不放纵，一丝一缕地省。这符合"两点论"。古人讲，"俭以养德"，保持节约的习惯，至少可以让我们活得更像一个人。我不敢标榜自己有多么高尚，我的节约纯粹发乎内心。我觉得该怎么做，便怎么做，无须为着做给别人看。我不能强求别人也照我这么做，当然，在我认为应该提倡的一些方面，比如节约，从内心里我是希望别人也照我这么做的。我以为，好的方面做的人多了，好的面就会大一些，个人的努力就能更大地显现出它的价值。

节约不是大道理，它体现于日常细节中，我们每个人都可以做到。由于工作关系，我经常收到一些广告信函，比如征订图书、论文入选、拟被表彰之类，这样的信函自然没多大意义。不过，我不会立即丢进字纸篓，而通常会分类处理：信封留待将来分门别类存放资料之用，信函塞进旧报纸中以供回收。在我的案头，常年积压着一些废纸，这都是用过的材料。但它们只使用了一面，另一面仍是白纸一张，我留着它们，用来书写一些非正式的东西。如果眼睁睁地看着它们就这样被送进垃圾池，我总是感到不大舒畅，恋恋不舍，有些心痛。

我想，我们应该树立这么一个理念，即不要以为国家的财产不是财产，不要以为纳税人的钱不是钱，一点一滴的节约，就是对国家对社会的贡献，就是对纳税人的尊重。

谈疾病

> 一切顽固沉重的忧郁和焦虑，足以给各种疾病大开方便之门。
>
> ——[苏联]巴甫洛夫（1849—1936）

如果说人生是痛苦的，那么，生老病死，最痛苦的也许莫过于病。生命固然可贵，但死并不十分可怕，想明白一点，那是早晚的事，何惧之有？真正可怕的是不生不死，不能好好地活，不能痛快地死。由此看来，对于疾病要有足够的关注。

第一，没病要预防。"防患于未然"，"防"是第一位的。"防"得好，"治"便无从谈起。有人说，爱拼才会赢，豁出去，睡一觉一切都会复原。这话过于乐观，不符合辩证唯物主义。人体即使是特殊材料做成的，也绝不是钢筋水泥，它需要休养生息，否则，屡屡超越了生理极限，那是要付出昂贵代价的。年轻不要气盛，年老别不服老，哪个阶段都要悠着点。细水长流，必有好处。相反，如果看着眼前还行，放纵不健康的生活方式，长期赶得急、吃不香、睡不安，迟早要出问题。"我拿健康赌明天，年轻时用健康挣小钱，年老时花大钱买健康"，这些现象屡见不鲜，真是令人叹息！

第二，未病宜早治。古人说："上医医未病。"未病不是没有病，而是病征尚不明显，还处在萌芽阶段，或者正存在萌芽的条件。这个时候，常人是看不出来的，甚至于一般的医生也看不出来。正是如此，面对神医扁鹊的屡屡提醒，自我感觉还不错的蔡桓公才会说出"医之好治不病以为功"这样的话。其实，病去如抽丝，病来同样也如抽丝，有一个酝酿发酵的过程。所谓"如山倒"，那是量变引发了质变，以至于凡夫俗子都看得真切了。可是，一旦到了这个地步，那就如同扁鹊所言："司命之所属，无奈何也。"到了阎王爷的门前，谁也无法妙手回春了，所以，德技双馨的扁鹊大夫只好逃之夭夭，以免因回天乏术而被操刀问斩。

第三，病了别紧张。很多人都直接或间接听到医生的"危言耸听"：想吃啥就吃啥吧。潜台词是，差不多了，准备后事吧。可是病人不仅垂而不死，反而越发精神。这样的情形并不鲜见。后来我推测，原因不外乎两点：一是医生担心自己无能为力，有意说严重一点，治不好，医患纠纷可能会少一些，治好了，则表明自己的手段真是不差；二是医生过低估计了病人的康复能力，只看到变坏的趋势，没看到好转的兆头。对于后者，我想，也许人们犯了形而上学的错误。我们忽视了，病体绝不是朽木，它有着自我修复、自我医治能力，而并非绝对地走下坡路。

有健康才会有想法，失去健康谈不上活法。健康是个宝，没有健康真烦恼。爱惜身体吧，它受之于父母，延续于儿女，爱惜它就是孝与慈。推而广之，意义可就更大了。你想想，你原本可以为国家为社会乃至为人类尽责100年，结果因为主观上糟蹋身体或者忽视健康生活而只干了80年。受培养教育经年，却逃避责任少干了20年，那不是很不厚道吗？

　　写到这里，忽然想起当年学校播放眼保健操录音时的开场白："为革命，保护视力……"很有高度嘛。

谈创史

虽然早已从马克思主义哲学中知悉"群众创造历史"的光辉论断，然而，由于史家往往有着"成王败寇"的倾向，自觉不自觉地为尊者讳，将功成名就的"正面人物"人格完美化，将身败名裂的"反面人物"一黑到底，以致有时滋生出"英雄创造历史"的错觉。

> 以公共为心者，人必乐而从之；以私奉为心者，人必拂而叛之。
>
> ——[中国·唐朝]陆贽（754—805）

闲来读史，诸子百家各窥其见。隐隐觉得，某些史家犯了一个致命错误，其好心导致人们陷入云里雾里，以为"贼就是贼"，毫无可取之处。在这类史家的笔下——一个人一旦成了异类，即成放浪形骸之徒，为官必贪，见色必沾，嫖赌逍遥，一无是处；而成就伟业阵营内的英雄人物，则多半少有大志，作风严谨，光明磊落。如此模式化地以偏概全，看似教育引导，后果实则可怕。

纵观历史的细节，正面人物的个人道德修养与综合素质未必足可称道，反面人物亦未必一塌糊涂。"修身齐家治国平天下"，儒家认为其间有着流水线式的因果联系，这是不错的。然而，必须看到，个人的修为固然重要，但说到底，把控历史轨迹的成败，与其说是个人品格的成败，莫如说是民心的顺逆。历史是人民群众创造的，英雄人物的贡献在于，他们善于顺时借势、因时造势，化一盘散沙为一呼百应，这是他们成功的秘诀所在。这就是说，历史虽然是群众创造的，但英雄善于借助群众的力量，引导、领导和凝聚广大原本较为分散的群众，形成推动历史前进的滚滚洪流。

"得民心者得天下，识时务者为俊杰"，笑到最后的英雄，必是顺民意、合时宜之人。任何时候都不能忘记，人民群众才是真正的英雄。民心所向，天下归心，方才能够事业兴旺。正是如此，李大钊同志称苏俄革命是"庶民的胜利"，可谓抓住了根本。希腊神话中有一个英雄人物叫作安泰，双脚离开了地母盖娅便没了力量。人民群众是大地之母，无论是谁，如果脱离了群众，不能够从群众中汲取力量，就注定要失败。

宣传教育是大学问，模式化的"成王败寇"论，全盘否定反面人物的品性与能力，必将导致错误的历史观，余毒委实不浅。特别是在这个资讯发达、透明度很高的时代，也一定行之不远，必须确立更为客观、理性、科学的态度。需要明晰，看到"正面人物"的劣迹和"反面人物"的优点：不是迷信个人，而是敬仰真理；不是否认修身的重要性，而是在坚持实事求是的基础上，更加深刻地理解"群众史观"，更加理性地注重民意，更加有效地赢得民心。

谈战争

《左传》有言：“国之大事，在祀与戎。”意思是，治理一个国家，最大的事情就是祭祀与

没有不用军事计谋的战争。

——[苏联]列宁（1870—1924）

战争。“为国以礼”，祭祀旨在明礼，规范社会秩序，促进社会和谐；战争则是维护和平的重要路径，能战善战才能保障国家安全与人民安康。

关于战争，《孙子兵法》开宗明义直言：“兵者，国之大事，死生之地，存亡之道，不可不察也。”战争关乎生死存亡，必须有清醒的认知与准确的决断。清代赵藩撰写的成都武侯祠楹联中有一句广为人知的话，叫作“自古知兵非好战”。认识战争，不仅是对治国理政者的必然要求，一国之民，都要树立正确的战争观。尤其是身处自媒体时代，面临严峻复杂形势，民意如果失去了理性，好逞口舌之快，以意气用事，往往容易绑架决策、贻时误事。

必须看到，战争是要付出巨大成本的。“杀敌一千，自损八百；带甲十万，日费千金。”枪弹不长眼，炮火不温柔，战争中，死人的事在所难免。战争还是一桩烧钱的活儿，不仅耗费武器

弹药，而且毁灭发展成果。在热兵器时代，尤其是核武器、生化武器的"可能性使用"，战争的破坏力可谓无与伦比、空前惨烈。几代人的呕心沥血，上百年的浩大工程，战火纷飞之际，可能毁于一旦，化为灰烬。因此，决不可轻启战事。

好战固不足取，但如果丧失底线，一味地回避战争，同样不足为训。当年面对日寇入侵，陈嘉庚11字电报"敌未出国土前言和即汉奸"掷地有声，被邹韬奋誉为"古今中外最伟大的提案"，正是这个道理。战有战的说法，和有和的理由，但无论是战还是和，如果放在全局与长远来考量，弊大于利，危大于安，所持有的那种说法就很荒谬，那个理由就很荒唐。

古代兵书《司马法》强调："国虽大，好战必亡。天下虽安，忘战必危。"《说苑》指出："兵不可玩，玩则无威；兵不可废，废则召寇。"话不同，理相通，都强调了要辩证看问题，秉持"两点论"，坚持"两手抓"，"上不玩兵，下不废武"，既不可以轻易动兵，也不能放弃武备，唯有存不忘亡、和不废兵，才能"身安而国家可保也"。养兵千日，用兵一时。军队是"国之重器"，不可不用，不可滥用。热血偾张容易酿成大祸，一味退让终致血本无归。

究竟什么时候用兵动武？《孙子兵法》云："非利不动，非得不用，非危不战。"一般来说，言战易，言和难。言战者往往容易在舆论上占据上风，这是千百年来社会心理使然，但最终是否必战、即战，必须审时度势。《孙子兵法》谆谆告诫，不可怒而兴师、愠而致战，因为"怒可以复喜，愠可以复悦，亡国不可以复存，死者不可以复生"。战端是否开启，务必仔细权衡得失利弊。

若是长痛不如短痛，则纵使有牺牲，也在所不惜，否则可能错失良机、亡国灭种。一言以蔽之，重战、慎战、备战，才能长治久安、国泰民安。

战争岁月，提心吊胆，忧患意识自然强。和平时间长了，则要提防思想麻痹、武备松弛。必须明白：你爱好和平，别人未必放弃战争；你能理性对待战争，别人未必不疯狂。特别是，从二十世纪两次世界大战看，资本主义世界爆发经济危机，都是试图通过战争转嫁危机，通过军火交易救市，通过遏制他国谋求优势。科技迅速发展带来武器革命，战争的突发性加强，尤其要谨记苏东坡关于"天下之患，最不可为者，名为治平无事，而其实有不测之忧"之论，谨防"坐观其变，而不为之所，则恐至于不可救"。

一旦战争来临，其形式也是多样的，未必就是动刀动枪。《孙子兵法》对战争做了分类，即"上兵伐谋，其次伐交，其次伐兵，其下攻城"，并把"不战而屈人之兵"作为用兵的最高境界。不战而胜，感官上没那么刺激，效果上却更胜一筹。达此境界，要求自己具备道德感召力并善于动用谋略。因此，挑衅面前，不是不战，难在确定怎么战。是兵临城下，还是曲径通幽？是直捣黄龙，还是围魏救赵？

战争双方的力量，一定会有差异，己不如人，亦不足为奇。关键要明白，军力的劣与优、弱与强、少与多，总是相对的，天平倒向哪一方，因时因地而异。一般来说，所谓"以劣胜优、以弱胜强、以少胜多"，那是指战争双方总体力量对比，放在局部，放在具体的某个战役，几乎都是优胜劣、强胜弱、多胜少。也就是说：

"战略上以少胜多，战术上以多胜少。"这一点要明确，否则容易妄自尊大，或者妄自菲薄。

毛泽东对此有诸多论述，他指出："我们的战略是'以一当十'，我们的战术是'以十当一'，这是我们制胜敌人的根本法则之一。""我们是以少胜多的——我们向整个中国统治者这样说。我们又是以多胜少的——我们向战场上作战的各个局部的敌人这样说。""当我们正确地指出在全体上，在战略上，应当轻视敌人的时候，却决不可在每一个局部上，在每一个具体问题上，也轻视敌人。"纵观毛泽东军事思想脉络，无不依此而循。中央苏区时期，针对当时总体力量敌强我弱的实际，毛泽东以对联形式提出了具体的战争策略和作战方针："敌进我退，敌驻我扰，敌疲我打，敌退我追，游击战里操胜算；大步进退，诱敌深入，集中兵力，各个击破，运动战中歼敌人。"解放战争时期，毛泽东提出的十大军事原则，也明确要求集中优势兵力，各个歼灭敌人，通过分而治之，实现各个击破。

坐而论道未必行之有效，纸上谈兵未必用兵如神，但思想是行动的先导，认知科学，有助于行动正确，导向于结果惠民。战争关乎千家万户甚至千秋万代，不可不察，不可不为，不可不慎。

谈兵事

战争事关生死，自然很能体现人类的智慧。清人赵藩题成都武侯祠联中有语"从古知兵非好战"，从品味智慧的角度，看看兵家之事也是很有收益的。闲来读将帅传略，感觉兵事之中当重"三至"。

> 兵无常势，水无常形，能因敌变化而取胜者，谓之神。
>
> ——[中国·春秋]孙武（约公元前545—公元前470）

其一，不战而胜为至上。《孙子兵法》里讲："不战而屈人之兵，善之善者也。"打仗总会死人，总要消耗大量的人力物力，能够和平解决，让敌对势力臣服，当然最好不过。三国曹操也说过："圣人之用兵，戢而时动，不得已而用之。"如何不战而胜？方法大体有二，一是宣传舆论攻心，从精神上或心理上瓦解对方。也即所谓的和平演变，通过价值观、生活方式等渗透达到征服的目的。二是武力胁迫就范。以强大的军事实力为后盾，通过威慑以乱对方阵脚，使之主动臣服听命。隔而不围，围而不打，敲山震虎，都暗含着这一理念。

其二，歼灭敌人为至要。攻城略地固然不错，歼灭有生力量尤其可嘉，因为，有了人，就有了最终胜利的资本。毛泽东论及政治时说："政治就是把支持我们的人搞得多多的，把反对我们的人搞得少少的！"兵事上同样要把壮大自己、歼灭敌人摆在突出位置。正是如此，有时，高明的将帅不在意一城一池的得失，甚至主动大撤退。如何歼灭敌人？方法大体有二，一是从肉体上消灭顽固之敌，二是化敌为友或使之放弃敌对行为。后者同时也属于不战而胜的一个范畴。

其三，以强胜弱为至理。数量优势是兵法第一原则。《孙子兵法》有言："用兵之法，十则围之，五则攻之，倍则分之，敌则能战之，少则能逃之，不若则能避之。"克劳塞维茨《战争论》也指出："以少胜多"都是偶然，"以多胜少"才是战略原则。军事史上所谓以弱胜强，如果不是凑巧，也是指整体上暂时的现象。而整体实力偏弱者，在局部上往往也都是以强胜弱，通过分切隔离，避强击弱，集中优势兵力逐个歼灭。正是如此，大凡杰出的军事指挥者，都非常注重正确处理强与弱的关系，确保战事的接触点不处于弱势。在这个方面，唐代王积薪"围棋十诀"关于"不得贪胜，入界宜缓，攻彼顾我，弃子争先，舍小就大，逢危须弃，慎勿轻速，动须相应，彼强自保，势孤取和"的概括，同样可以用于兵事。战争中常见的避实击虚、分而歼之、关门打狗、围城打援等等，都是典型的运用。

谈证件

有一段时间，城乡"牛皮癣"泛滥，无论到哪个地方，几乎都能在墙上、地上、电线杆上看到龙飞凤舞的"办证"字样，外加歪歪扭扭的手机号码。书写方式如出一辙，黑色为主，也有红色，运笔都很接近，让人疑心此君腾云驾雾，出现在祖国的大江南北，倒腾"齐天大圣到此一游"般的顽皮。

> 怀疑一切与信任一切是同样的错误，能得乎其中方为正道。
>
> ——[英国]乔叟（1343—1400）

有道是"哪里有需求哪里就有存在，有多大需求就有多大存在"，之所以有人拉屎处就会有"办证牛皮癣"，那是因为，"有证走遍天下，无证寸步难行"，形形色色的证件渗透到了生活的方方面面。在一些人看来，真的拿不到，能够以假乱真也是好的。当然，也有不少人原本就是要假的，以方便其金蝉脱壳，做过坏事之后大雪无痕追查不易。

纵观各类证件，大体可分作两种。

一是身份证明。公安部门颁发的身份证，证明你是公民不是黑户；学生证，证明你的身份是学生；工作证，证明你是某个单位的员工。诸如此类，目的在于跑得了和尚跑不了庙，一个证件拴一个人。一纸证书有案可查，所以，住酒店旅馆时都要拿身份证登记一下，出了问题好找人。

二是资格证明。教师证、会计证、律师证……表明你具有相关方面的从业资格，可以堂而皇之地上岗。这样的证件，实质上就是办事通行证。没有拿到证件而做了相关的事情，那叫无证上岗，不受法律保护。结婚证也是一种资格证明，不只证明婚姻的双方符合结婚条件，而且，拥有此证，男女关系可以路人皆知，合道德合法律，不受道德非议和法纪制裁。

网络时代，密码无处不在，邮箱、微信、博客……只要登录就需要，证件也是如此。可以这么断言，证件是人类进入文明时代的产物，是现代契约社会的重要标志，在社会分工细化后它有了更广泛的存在。不过，匪夷所思的是，证件的存在也告诉人们：自己证明自己，有时未必获得认可，组织的鉴定才算数。

谈赌博

即便人性本善，从某个角度看，人似乎也具有堕落的天性。因为，如果没有足够的修为，好逸恶劳、声色犬马，总比宁静淡泊要容易做到。正是如此，古往今来，赌博之风"野火烧不尽"。

> 将人生投于赌博的赌徒，当他们胆大妄为的时候，对自己的力量有充分的自信，并且认为大胆的冒险是唯一的形式。
>
> ——[奥地利]茨威格（1881—1942）

赌博肯定是有害的。君不见，几多赌徒乐此不疲，结果输了钱财，垮了身体，坏了品行，损了形象，失了信誉，流毒无穷，贻害久远，甚而对后辈人带来极大的负面影响。

有人说，活着总得有点儿闲情，不然了无生趣，赌一赌也无妨啊，小赌怡情呢。人固然需要有调剂心情、缓解压力、充实生活的方式，但嫖赌逍遥素来不为主流价值观认可，做此无益之事，常废有涯之生。即便那些赌兴实在离不了的人，非得靠小赌来怡情，也至少得有两个条件：一是有很强的自控能力，可以适时抽身，而不至于在无休止的小赌中，熬红眼睛，熬坏身体，熬成大赌；二是有稳定的经济来源，可以养家糊口，而不至于因为经常的小赌，误了正事，误了人格，误了生活。这个结论是，把持不住自己的人不可以赌，生意中人不可以赌，家业太小的人不可以赌。

实际上，不管什么人，最好都别涉赌，特别是那些指望靠赌来发家致富的人。要知道，凡是来得快的钱往往去得也快，这话可以说是至理名言。因为，不是辛辛苦苦赚来的钱，很难做到珍惜。还要知道，赌来的巨资，不仅难以留住，甚至可能引来杀身之祸。因为，输钱的人很少会有很大的肚量！

与赌难舍难分的人，不妨想想：那些参赌的人生活究竟过得如何？自己的情况是否比其他赌友好？赌博究竟给自己带来了多大的好处，造成了多大的危害？自己的所为怎么对家人做个交代？除了聚赌是否还有更重要的事要做？多想一想，许多事情就会更明白一些。如果想通了，就痛下决心金盆洗手吧。这的确很难，但——难而能，方至为可贵；能难能可贵者，百年身时再回首，方才会感觉此生无大憾。

本质上说，赌博是试图在较短时间内实现以少胜多，一本万利瞬间暴富。这是极具诱惑力的。正因为如此，一旦沾上赌瘾，非意志力极强者断难脱身。因而，在赌的问题上，慎初绝缘相当重要。

谈风水

这年头，广告无孔不入。据悉，中国前十大富豪，投资楼市的占很大比例。手机里便常常收到楼市广告，前几天，忽然

> 人之所以迷信，只是由于恐惧；人之所以恐惧，只是由于无知。
>
> ——[法国]霍尔巴赫（1723—1789）

看到一则另类楼市广告。大意是，某风水专家兜售"赣州八景"之一所在地储潭旁边坟地，名曰雄鳖出江，每平方米2200元起价。呵呵，生财有道，道道不同。

什么风水宝地，如同地上楼市一般，价格如此高昂？不由得想起父亲讲过的一个故事，也是在储潭这个地方，其旁侧储山上某处唤作"大地之母"，按照人体的比例，正好地处大山肚脐眼位置。从仿生学的角度，山上的这个位置当然很要紧。

话说很久很久以前，下游湖江有一户戚姓人家，某日走水路经过储潭，发现储山上这个叫"大地之母"的地段风水绝佳。绝佳到什么程度？一言以蔽之，叫作"日受千人拜，夜点万盏灯"。具体地说，站在这个位置——早上可见弯腰摇橹逆水行舟的水手，故云"日受千人拜"；晚上可见赣州城的万家灯火，故云"夜点万盏灯"。想想

看，"日受千人拜，夜点万盏灯"，这不正是侯门风范？

戚姓人家非常想占有这个地方，以便自己百年之后可以荫佑子孙，奈何一番打探，山地主人不肯出让。怎么办？这位戚姓人家太舍得花本钱了，他有意冒犯山地主人，并让自己丧身其手。这下麻烦大了，山地主人慌了神，最后被"请君入瓮"，代价便是让戚姓人家葬于"大地之母"。所谓无巧不成书，戚氏一门果然人才辈出，成为湖江夏府旺族。据说民族英雄戚继光即是此族人杰，中山先生也曾专程叩访戚家。

多年前，我与几位朋友登临储山时仔细观察了这个叫"大地之母"的地方，只是不知自己是否看走了眼。夏府则到过几次，那地方如今虽已因修建万安水库移民搬迁，当年盛况倒是依然在目。戚家人丁兴盛是否与祖坟相关，按照科学，当然很是虚无。至于"雄鳌出江"与"大地之母"是否共一地，我不清楚，也无意于弄清楚。顺带说一句，我在登临大余梅关时路遇一墓地，据陪同的导游说，这一位置也叫作"日受千人拜，夜点万盏灯"，同样风水绝佳。

作家舒龙先生说，由于认知水平的差异，古人用迷信来解释科学，今人用科学来破除迷信。祖坟当然无法决定一个人的前程，假如有一点用，无非是在人们慎终追远时添一丝豪情，或许会有着某种起激励作用的心理暗示，仅此而已。也许正是如此，有人问某位伟人："死了咋办？"答曰："烧了。"又问："骨灰咋办？"再答："撒了。"伟人看得远，一了百了最好。多寿尚且自辱，遑论死后留下一个小土堆？近闻北京齐白石墓地成了周边人家的垃圾池，古往今来，墓地终究没能保持庄重的情形并不罕见。近世一位名人遗嘱"人死声销迹灭最是理想"，应该是洞破世情之后的顿悟。什么万户侯？什么富豪榜？坟墓里是培养不出来的。要说墓地有什么价值，我的看法，如果是杰出人物，这对当地旅游业发展会有一些贡献，不然，真没多大意义。

滑稽的是，正应验"日有所思，夜有所梦"，某个夜里，我竟在梦中看见自己的两座"风水"，均位于大学学府。更可笑的是，上面居然有我的笔迹。怎么如此无聊？莫非周公恶作剧？反正闲着也是闲着，我在网上找了找，看看这梦究竟怎么回事。毫无疑问，"一切迷信都是两面派"，有人说好兆头，有人说身体怕是有点情况。

真是一张乌鸦嘴，身体果然出了情况。这几天早出晚归，积劳成疾，终于感冒了。呵呵。

谈
心
魔

降魔者先降其心，心伏则群魔退听；驭横者先驭其气，气平则外横不侵。

——[中国·明朝]洪应明（生卒年不详）

夜来观看电视剧《天师钟馗之美丽之罪》，剧情说的是，商朝末年，以美色迷惑纣王的妲己声称身体不适，需食忠臣之心，比干为此被迫挖心献主、含冤而死。那颗本属于忠臣的七窍玲珑心怨气冲天，经由多年修炼成精，化作了心魔，一意要找转世妲己报仇。良家女子苏美娘因拥有酷似妲己的惊人美貌，为心魔嫉恨，于是受尽虐待。天师钟馗在劝说无用之际，只好替天行道，双方为此展开了一场正邪之战。

故事看似谈鬼话魔，其实是借"写鬼写妖"而"刺贪刺虐"，阐述一个深刻的人性问题。它告诉人们，一个本性善良的人，一旦被心魔附体，就会变得面目狰狞。身不由己，言不由衷，这不是我们的过错，而是心魔之过。假如别人被心魔缠身，我们会因投鼠忌器，而无法狠下杀手，这是一种无奈和痛苦。然而，如果是我们自己为心魔附身，则应该积极修为，努力用自己的身体封住心魔，阻止其为非作歹。需要提防的是，心魔具有时隐时现、飘摇不定、难以定位的特点，所以根除起来并非易事。

　　修行者认为，人生就是一场修行，每个人都会有心魔缠身的时候，但心魔并不可怕，它是进步的瓶颈，一旦突破了心魔，一个人的修为便能突飞猛进。我们应该主动经受历练，不断增强自己的定力，排除杂念，抗拒心魔的干扰，让自己能够百毒不侵，淡定、从容地行走在人生之旅上。

谈内卷

> 不要无事讨烦恼，不做无谓的希求，不做无端的伤感，而是要奋勉自强，保持自己的个性。
>
> ——[美国] 西奥多·德莱塞（1871—1945）

"标题党"与"跟风症"，似乎是网络时代的两个显著特征，它们交互作用，让一些新词成为热点。"内卷"便是这样一个词，目前五笔字型似乎还打不出来，可见它还嫩着呢。

什么叫内卷？百度百科的解释："内卷，网络流行词，本意是指人类社会在一个发展阶段达到某种确定的形式后，停滞不前或无法转化为另一种高级模式的现象。当社会资源无法满足所有人的需求时，人们通过竞争来获取更多资源。经网络流传，很多高等学校学生用其来指代非理性的内部竞争或'被自愿'竞争。现指同行间竞相付出更多努力以争夺有限资源，从而导致个体'收益努力比'下降的现象，可以看作是努力的'通货膨胀'。"

仔细分析起来，"内卷"似乎是伪命题，未必是新现象。回望历史，古今中外，之前什么时候社会资源能够满足所有人的需求？什么时候不存在竞争？比如说读书，古代考进士容易吗？如果容易，范进中举有必要如此兴奋吗？比如说求职，如果很容易，时年35岁的明代王阳明有必要跑到当时极其僻远的贵州龙场做一个驿丞吗？僧多粥少，竞争激烈，生活不容易，其实很多时候都是如此。只是，信息时代，人人都有麦克风，有些原本未必非常特别的话题，一经大家七嘴八舌，便让人觉得像煞有介事。

有人说，内卷又称"囚徒困境"。由于大家都在努力，让很多努力变得徒劳，造成了无意义的内部消耗。这么说让人不太明白：别人难道不可以努力？努力的人多了，竞争自然加剧，这又有什么奇怪呢？凡事用全面、辩证、长远的眼光看待，才会得出正确的结论。分析起来，无论何时何地，竞争其实都是客观存在的，为什么今天成为话题？也许很重要的一点便是：我们迅速从农耕文明向信息时代转型，生活生产方式都发生了天翻地覆的变化，生活节奏大大加快，大量信息纷至沓来。在这样的情况下，一个人如果不善于调整自我，尤其容易产生浮躁、焦虑、戾气等不良情绪。这些情绪叠加在一起，又在海量信息里交互作用，彼此间互相传导，加剧了压力感，便容易使人感到无所适从，甚至被圈进"内卷"中作茧自缚，一时难以跳出来。

解决内卷问题，当然最终还得靠社会发展进步，但对于生命个体来说，也要善于自我调适，让思想适应时代的要求，让灵魂跟上时代的脚步。一方面，保持良好状态，努力提升自己；另一方面，敢于"破圈"，选择适合自己的奋斗模式和路径，有限参与乃至放弃那些意义未必大的"竞争"。如果只是一味地怨天尤人，甚至采取"佛系""躺平"的态度，既不足取，也于事无补。昨夜与孩子散步，我开玩笑地说："幸亏在这所学校读书，离家这么近，每天算下来，路上得省多少时间，人也轻松多了。"孩子回答："假如到其他学校上学，起得更早，能养成早起习惯，还能把自行车骑得很溜。"细细想来，这话也对。看问题，角度不同，心境就不一样。有的人只看到事物的一个方面，由此焦虑于"内卷"，那就必然乱了方寸，被别人带节奏、牵着鼻子奔跑。

我以为，就自身而言，打破圈环、突出重围，无非两个字：

一是"淡"，恬淡、淡然、风轻云淡。不是很有必要，许多事情不要看得太重。人生的路走得越远，你越会发现，不少东西实在是用不着如此耗费心神地孜孜以求，用不着把自己弄得焦头烂额。比如住房，三口之家，何必羡慕人家的豪华别墅？比如用车，奔驰宝马，无非代步工具，有必要与人攀比吗？比如孩子的未来，坊间早有言"儿孙自有儿孙福"，林则徐以对联释理，"子孙若如我，留钱做什么？贤而多财，则损其志；子孙不如我，留钱做什么？愚而多财，益增其过"，并不深奥的道理，为什么还因此既让自己执着于"内卷"，又让孩子陷入"内卷"中？有多大碗盛多少饭，若是在无穷无尽的攀比中让自己不堪重负，反而"欲速则不达"。"贤哉，回也！一箪食，一瓢饮，在陋巷，人不堪其忧，回也不改其乐"，吃住条件并不怎样的颜回能够获得孔子的称道，不是没有理由的。

二是"静"，宁静、清静、静以修身。一动便容易产生热量，"头脑发热"便容易盲目跟风。某某某做生意发大财了，某某某又有了新职位，某某某家孩子考上了名校……在这些"别人家好事"的滚滚洪流中，你静不下来，像陀螺一样跟着转起来，不幸卷入了"内卷"之中。你觉得很疲惫，可是，谁让你如此疲惫的呢？不是你自己吗？"静能生慧"，人要静下来，要有定力，守住内心才看得远。某某某怎么样，你焦虑什么呢？任何时候任何地方，都会有诸多成功人士"某某某"，然而，同时也会有某某某破产了、某某某进牢房了、某某某患重病了。老是用别人的好事来给自己无穷的压力，不是智者。事情总在变化中，每个人的人生轨迹也不尽相同，闹哄哄的，搞得自己团团转，何苦！解铃还须系铃人，你应该学会静处、学会静守，在人声鼎沸的世界里保持心灵的静谧与疏朗。

远离内卷，当然不是放弃努力，而是要理性对待我们的需求、明晰我们的路径取舍。一言以蔽之，便是"有追求，不苛求"。这不仅指目标，也包括速度。关于后者，两千多年前的《易经》开篇便已道明——"天行健，君子自强不息。"人生就是一次远足，走好自己的路，让执着于内卷的人卷去吧！

谈险远

> 伟人们到达高峰不是靠突飞而来的，而是他们在同伴们酣睡的夜晚仍不辞辛苦地坚持攀登。
>
> ——[美国]朗费罗（1807—1882）

宋人王安石最有名的一句话，或许是"世之奇伟、瑰怪、非常之观，常在于险远，而人之所罕至焉，故非有志者不能至也"。

分析起来，这话的核心在于"险远"二字。其间包含有两层意思：一是"险"，困难重重；二是"远"，道路漫漫。王安石所言看似游山玩水，其实直指人生旅途。正是如此，这话获得了思想的升华，并传诵至今，激励着许多人不断前行和攀登。

纵观芸芸众生，未得王安石话语真味者大有人在。面对一项工作、一件事情——他们或想一马平川，不费吹灰之力；或想立竿见影，瞬间取得成功。岁月不饶人，成功要趁早，什么博观约取，什么厚积薄发，咱等不起。想法是不错的，可是，他们没有注意到：

第一，太容易得到的东西往往未必理想。道理实在是用不着多说，王安石这话的前头已经表述得很清楚了。"夫夷以近，则游者众；险以远，则至者少"，伸手可及，够得着的人有的是，能有什么好果子轮到你摘？千年灵芝常在险峻处，所以，马克思说："只有不畏艰险，努力攀登，才能到达光辉的顶点。"毛润之说："无限风光在险峰。"这些都是历尽沧桑而成就卓著者的肺腑之言。

第二，太容易得到的东西往往难以长驻。民谚云："易涨易落潮汐水"，大凡容易到手的东西，大抵如同疾风骤雨，来得快去得也快，正所谓"其兴也勃焉，其亡也忽焉"。大到国家政权，小到意外之财，这一规律屡试不爽。

"休怕远征难，过后尽开颜。"一事当前，甘于吃苦，锲而不舍，坚忍不拔，常常会迎来意想不到的成功。而这样的成功因为酝酿得久，往往更加非凡；因为来得不易，往往守得更长。

谈改革

> 法者，天下之公器也；变者，天下之公理也。
>
> ——[中国]梁启超（1873—1929）

狭义的理解，改革与革命有别。改革是在社会相对平稳期，执政者为维护和巩固自身执政地位，以和平方式主动采取的自上而下的行为；革命则是在社会动荡期，反政府武装为建立新政权，重构新秩序，以暴力手段发动的自下而上的举义。

借用一个比喻，大致可以这么说，改革是关门打狗清理自家门户，革命是室外打狼扫除反动势力。然而，本质上说，改革也是革命，它是由内部主导的革命。

从道理上讲，形势在变化，实施改革理所当然。事物是不断发展变化的，与时俱进，对体制机制适时进行调整，顺理成章，无可置疑。相反，假如墨守成规，不肯自我改革，积重难返，终要被人家革命。改革的意义一目了然，但纵观历史，任何大的改革都不容易，许多还要以流血为代价。清朝维新派人物谭嗣同说"各国变法无不从流血而成"，就是这个意思。秦代商鞅变法虽然取得了成功，但支持其改革的君王去世后，商鞅最终因与贵族积怨太深，为人暗算，惨死于自己所立的法。

这就是说，革命固然不易，某种程度上，改革尤其艰难。因为革命的兴起，往往是当权者失去了公信力，引发人民对其执政合法性的质疑，当权者即便负隅顽抗，也是众叛亲离、失道寡助。而改革尽管出于破除制约发展的体制机制障碍，但这种障碍的既得利益者，大抵是与改革者处于同一阵营的当权者。也就是说，改革必定要触及本集团内部某些群体的切身利益，如果这些群体目光短浅，觉悟不高，抵制乃是必然。并且，与革命的对抗来自明处不同，改革的阻力常常来自暗处。所谓明枪易躲暗箭难防，改革的危险性不比革命小，而殉难的结局却常常不如革命者壮烈。

真是"革人家的命不易，革自己的命尤难"！正是如此，试图在革命危机没有到来时，通过和平方式推动社会进步的改革者，其勇气更加让人钦佩！

创业难，守成更难。改革难免有阻力、有风险，如何积极稳妥推进，这是让人关注的。解决这个问题——必须高度重视思想舆论工作，在解放思想中统一思想；必须正确认识和处理好方向性与阶段性的关系，妥善把握改革的力度和社会的可承受度。如果短期内人们难以接受，有时甚至要退而求其次，采取渐进的、双轨的方式逐步实施。心急抢吃热豆腐，结果可能伤了自己的心窝，这是基本的常识。

谈民意

治理之道，莫要于安民。安民之道，在于察其疾苦。

——[中国·明朝]张居正（1525—1582）

俗话说"金杯银杯不如老百姓的口碑"，自古以来，大凡明智者，都十分重视民意。民意有这种地位，当然主要是因为"群众的眼睛是雪亮的"，它比较客观公正。

然而，民意真是很客观公正的吗？

最近想起两件事。一是国家大事。那年，国家旅游局为落实国务院设立"中国旅游日"的决定，借助互联网广泛征求社会各界的意见。从民意调查结果看，主张以我国伟大的旅游先驱者徐霞客出游日为中国旅游日的达35.7万票，位居第一，多于专家原来倾向的《徐霞客游记》开篇日。这原本不是问题，问题在于，选择这两个日子的都多为相关地方网民。也就是说，利益驱动占了很多因素。二是地方小事。前段时间，本地开展一次辩论赛，据悉，某代表队明显技高一筹，但最后以"民意"定乾坤，手机短信投票加分后，排位大变。

群众投票，如果出于公心，不但无可厚非，而且很有必要。

然而，上面两件事所透露出来的信息是，"民意"有时似乎很是可疑。民意一旦可疑，若只是娱乐娱乐，倒无大碍，假如事关重大，那就容易出大问题。比如说干部使用，有一句话叫作"用好一个人，激励一大片；用坏一个人，打击一大批"。媒体偶尔曝光一些"带病提拔"者，应该说，当初的干部考察未必不严肃，尊重民意的程序一般也都到位了，但结果仍然不尽如人意。为什么"民意"靠不住呢？道理很简单，因为它不是真正的民意。

什么才是真正的民意？有句话说得好："民意闲谈时。"那些发乎内心、不带私利的民意才是真正的民意，也才会有公正性可言。这就是说，征求民意的制度设计很要紧。

谈读书

读书破万卷，胸中无适主，便如暴富儿，颇为用钱苦。

——[中国·清朝]郑板桥（1693—1766）

读书的重要性尽人皆知，如何读书则各有各的看法。古人讲"读书百遍，其义自见"，自然并非真是要求每本书都得读上一百遍，而只是强调，读书不能浮光掠影、浅尝辄止。一本好书，往往要反复读，多读几遍才能得其真味。

书海茫茫，人生有限，如果一本书要读上百遍，一辈子能读几本书？退一步说，即便时间允许，精力充沛，读一百遍的必要性也基本上不存在。成书虽然不易，有的书甚至是作者呕心沥血穷其一生所著，但读书毕竟比写书省心，方法得当，可以在较短的时间内得其精髓。

读书也有一个成本问题，要讲究效率，力争花最少的时间获取最多的知识。那么，一本书究竟要读多少遍？我以为，对于绝大部分书来说，要知其义，三遍足矣。

第一遍：跳读，又叫囫囵吞枣。拿上一本书，不要急于"一气呵成"，一口气从头读到尾。先随便翻翻，看看封面设计，通览序言、后记和目录等"附属品"即可。借此匆匆一瞥，求一个一知半解，明白大略。这样做的目的——一是明确这是一本讲述哪方面知识的书，书的基本质量怎么样，以便决定是否有读下去的必要；二是通过一览概貌，把握书的主要内容和框架结构，以此给下一步的阅读引路。

第二遍：通读，又叫细嚼慢咽。通过前面的跳读，认定这本书值得一读，并大体知悉书的概况。接下来，老老实实逐字逐句循规蹈矩地精读、细读，把整部书"吃"进去，掌握其具体内容。必须注意，在通读过程中——遇上硬骨头不要硬碰硬地僵持，舔几口就放下；味道太浓的地方也不要恋栈，舍不得读下去。这么做，为的是避免由此费时过多，中断"阅读流"，阻隔思路，以至于读到后面忘了前面，影响阅读效果。对于那些不大明白或很是有味的地方，不妨先做个标记，等把全书读完后再来做重点研究和品味。阅读过程中的一些感想与体会，及时做好眉批或旁注，防止遗忘。

第三遍：选读，又叫老牛反刍。经过通读，对全书内容已有了比较全面的认识，这时要回过头来，像老牛吃草一样，把吃下去的东西重新卷出来，潜心研读通读过程中"没有啃烂的硬骨头"，以及味美印象深的地方，重点突破这些难点，鉴赏这些亮点，某些可能为自己将来所用的内容还要及时做好笔记，用以备存。这些地方即使不多，却都是书的精华，值得吸纳。读书决不能贪多求全，指望面面俱到，将全书所有内容"通收"，其结果往往是事与愿违。也就是说，从本质上讲，选读是选择性地消化吸收，即化为己有、为己所用的过程，这是读书的目的所在。

跳读、通读、选读，三者实际上互为联系，有机地组合成为阅读的全过程。以纵情山水为喻——跳读是站在高岗上，看山水是否奇秀可游及其大致特点；通读是深入山水间，且行且观赏；选读是知山水险峻处或大美所在之后的选择性重游。因此，跳读好比是翻阅地图，通读好比是实地考察，选读好比是胜景重游。三个阶段前为后启、后为前继，环环相扣，自成一体。

一个人是否善于读书，从其对待跳读、通读、选读三个阶段的表现可以看出。不会读书的人往往只剩通读，拿到一本书，从头至尾一股脑儿读完了事，甚至不看前言、后记，结果是读得快、忘得也快。会读书的人，三个阶段基本上一个不落，并且特别注重选读阶段。因为注重选读，他们在通读的过程中，经常在书上画画写写，即兴写下自己的思考。于是，书成为读书人的再创作，已不再完全是作者写的书了。正是这个原因，读书人总是不大愿意把读过的书借给别人。为此，近代学者叶德辉曾在书橱上标示"老婆不借书不借"，很可以看出读书人对所读之书的珍爱。鲁迅先生也是如此，据说，别人实在要向他借书，他总是想方设法另买一本新书聊为应对。当然，之所以不愿外借，根本原因在于担心有借无还。实际生活中，许多人以为书不同于钞票，还不还无关大体。美国作家马克·吐温就此一语道破："千万不要把书借给别人，因为我书架上的书都是问别人借的！"古人说"书非借不能读也"，不知"书有借难以还也"，而这"难以还"的书，却是三遍读书法之后的"孤品"。

读书三遍，知其要领，无用穿肠过，有用且留存，这似乎是读书的真谛。毕竟，"吾生也有涯，而知也无涯"，谁都不可能也无须读遍天下书。

结语：谈谈谈

有段时间报纸看得少，某天中午随手打开《人民日报》，发现了一个系列，叫《新时期共产党员的修养系列谈》。从5月3日开栏至当日，已谈到"系列12"，即《谈自律》（注：此前为《谈理想》《谈信仰》《谈忠诚》《谈学习》《谈认真》《谈吃苦》《谈群众》《谈敬畏》《谈诚信》《谈纪律》《谈守法》）。

> 耳朵是通向心灵的路。
>
> ——[法国]伏尔泰（1694—1778）

"谈××"，很亲切的语言结构。2008年以来，我一直结合自身实际，在做一个名为《随谈录》的系列，围绕做人、做事谈自己在生活和工作中的一些心得体会，所有标题统一定为"谈××"三个字，还有个统一的副标题，叫作"敲出文字三两句，片言只语皆我悟"。2010年自编的《政余随谈》即遴选了其中的45篇，到如今大约已有80篇了吧。想不到，《人民日报》这个系列，思路与风格竟与我不谋而合。

谈，言炎也。如果玩文字游戏，大意是把话讲得红红火火，讲得赤日炎炎。这个"谈"，是媒介、是预演、是热身。谈恋爱，谈了才能相恋相爱；谈判，谈了才能做出一个判断。"谈"尽管是嘴上功夫，却忽略不得，不谈，下一步情节便很难展开。

坊间有凡人名言，叫作"讲的讲，听的听"（客家方言大约是"wa gei wa,tiang gei tiang"）。说的是，你讲你的，我听我的，任你谈得唾沫横飞，我自岿然不动。这么一来，有人泄气了，觉得没劲，不想谈了。这是典型的逃跑主义！

自然，别人脑袋上的耳朵、躯体里的心神，旁人只见其外难知其里，不一定能够调控得了。但必须看到：只要在谈，总会发出声音；只要发出了声音，总有人在听；只要听了，心里总会或多或少留下一两句话。当然，假使谈功甚好，谈得别人低下了头，谈得别人笑逐颜开，那就相当好了。

令人担忧的是，不少人对谈已经漠视，认为说大道理、弘扬正气，就是唱高调、装高尚。就连传续多年的每周一次政治学习，在一段时间里，一些单位似乎也都没有了。这真是一个误区。必须看到，每个人大体上都有一个恶习，即容易犯自由主义。作为一个集体，如果集中少了、涣散久了，就容易疲沓懈怠，渐而失去集体观念，导致"有组织无纪律"。多年来，我在单位里尽可能每周组织一次集中学习，调度工作，学习时政，交流思想。如今回想，深深感觉，经常坐下来谈一谈，对于凝心聚力、提升素质是很有帮助的。

"不在沉默中爆发，就在沉默中灭亡。"事实告诉人们，沉默未必总是金，该谈不谈，后果是可怕的。陶行知先生曾感慨地说："傻瓜种瓜，种出傻瓜，唯有傻瓜，救得中华。"不谈蕴藏大危机，社会需要"傻瓜精神"，即使谈得费劲，吃力不讨好，仍然如傻瓜般老生常谈。当然，如果谈功不俗，把握要领，切中要害，谈得风生水起、满堂喝彩，那就最好不过了！

附录

致菲洛绍夫先生的一封信

尊敬的菲洛绍夫先生：

　　冒昧打搅，是想和您谈谈哲学问题。我知道，与您这样著名的哲学家谈哲学，真是不知天高地厚，但我也知道，对别人的鲁莽和无知，您是不会介意的。您总是那么宽容，那么谦和，您会谅解别人的浅薄，并乐于指点迷津。

　　一个刚过而立之年，还没有经过多少人生风雨的毛头小伙子，有兴趣静下来思考哲学问题，很多人会感到不可思议。在这里，我先讲讲牵引我乐此不疲的那根欲望之弦。我觉得，一提起哲学，人们似乎感觉沉重，以为那是历经人生苦难后的涩果，或者感到玄奥，认为它是诸如您这样的哲人的专利，离我们凡夫俗子过于遥远。其实，只要稍稍注意就会察觉，人生的每一阶段都离不开哲学，哲学无时无刻不与我们同行。人们也需要哲学，哲学让人成熟，延伸着我们生命的长度，扩张着我们生命的宽度。

　　众所周知，相对于茫茫宇宙，每一个人都只是匆匆过客。然而，同样从冥顽无知而来，同样在人世间相伴了数量相当的春花秋月——有的人瓜果飘香、月满西楼，出落得花好月圆精彩一世；有的人枝头寥落、暗淡无光，到头来镜花水月空活一生。为什么开局一般模样，结局却相去甚远？无论是人类群体还是生命个体，为什么常常在同一地方摔跤，重复相同的错误，以至延误宝贵的旅程？可悲可叹啊！我曾听人们称道"朝闻夕死"，以为只要能够懂得正确的道理，时间早晚都无所谓；我曾听人们褒扬"人之将死，其言也善"，以为人快要作古时，往往能够突然悟通人世间的一切，展示一颗良心。革命不分先后，我们当然随时欢迎一切善意的复归和至美的境界。然而，人生苦短，为什么不能早一些洞明事理、练达人情？为什么非要等到撞到南墙才回头？为什么非要看见棺材才掉泪？古罗马历史学家塔西佗说："我越是深入思考古往今来所发生的一切，我越是感到人间的万世万物是一种莫大的讽刺。"哲学家黑格尔更是偏执地指出："任何民族与政府，都从未从历史中学到什么，也从未按照从历史推导出来的原理去行事。"我们是不是需要尽可能地使自己早日成熟？我们能不能尽可能地使自己早日成熟？为了缩短摸索过程，避免浪费人生，任何见识上的早慧和少年老成都是值得称道的。

正是出于上述原因，基于珍爱生命的考虑，我呼唤一个"普遍的真理"。我以为，这个"普遍的真理"就是哲学，就是黑格尔所说的"历史推导出来的原理"，就是罗素主张的"普遍性的宗教"。我得声明，所谓"普遍"，源自它讲的是一些原则性的东西，因而它只是一个基本的框架，它是发展的，不是静止的，任何形而上学的推崇和片面的指责都不应忽略这一因素。请容忍我的张狂，我这里所谓的"哲学"，不完全是系统化、理论化的世界观，人生观也是其中的一个范畴。为示区别，我称之为"生命哲学"。

这是人类成果的高度浓缩，是本真生命的客观文本，是人类或个人获取最佳发展轨迹的前进指南。生命哲学的特征和意义在于使世界和人生"简单化"，它给繁复多样的人生提炼出简洁明快、富有规律性的"程序"，按照这一"程序"走下去，人生之路或许将会比较畅通。我以为，"简单"是符合事物结构规律和人类认知规律的。我注意到，代表人类高度文明的数字化时代把一切事物都数据化，并简化成"1"和"0"两个基础要件。这与先人们用"——"和"– –"（《易经》认为分别属阳性、称为九，属阴性、称为六）组合演绎斑驳陆离的世界，的确是异曲同工。我还惊异地发现，两组要件都是对立互补的，这与辩证法暗合玄机，因而更显科学。有了简洁的"人生程序"，并非可以奢望人人都不下"臭棋"，坐直通车，无怨无悔"直捣黄泉府"。因为我们相信，人类或者个人总是难免要走一些弯路的。问题是，这些弯路应当越少越好，谁走得少谁的生命张力就能增强，谁的生命就得以升华。生命哲学的目的就在于帮助我们少走一点弯路，能这样就不错了，期望它万能是要失望的。

如前所述，我的生命哲学包括世界观和人生观两大部分，马克思主义哲学和中华义理经典分别是其基石。我指的是基石，而绝非全部。马克思主义哲学是系统化、理论化的世界观，是人们对整个世界的总体看法和基本观点。把它作为世界观的基石，是基于它无可辩驳的科学性和革命性，但同时它必须坚持与时俱进、富有创造性，随时代发展不断吸收先进养分，臻于完善。中华义理经典主要表现为立己达人的人生观，体现着人们对生命个体生存的目的、价值和意义的看法。把它作为人生观的基石，是因为中华民族的悠远历史积淀了丰厚的精神素养，数不清先人的反复精炼，使其具有充分的代表性，但同时它必须借鉴、吸纳其他民族精神的合理内核，取长补短，纳百川而成其大。世界观决定人生观，人生观决定人的行为方式和生存状态。马克思主义哲学和中华义理经典分别作为世界观和人生观的集大成者，共同构成了生命哲学的整个系统，并相应地分为认知论和修养论两个子系统。

认知论着眼于客观世界，是人类认识世界从而改造世界的金钥匙。它把纷繁复杂的世界缩略成两条基本规律。

一是万物一体规律。这一规律认为，世界上万事万物都具有大体相同的组成结构和发展轨迹，这就是"起承转合"。就植物而言，其组成结构是根、茎、枝、叶，其发展轨迹是萌芽、成长、开花、结果；就动物而言，其组成结构是头、颈、身躯、尾，其发展轨迹是出生、成长、衰老、死亡；就物质而言，深入到元素，也有一个排列组合的"起承转合"结构和组建、分解、裂变的发展轨迹；就事理而言，其组成结构和发展轨迹则是一致的，都可以概括为开端、发展、高潮、终结。一篇文章、一起事件、一个朝代的兴替，大抵如此。万物一体规律告诉我们，世界上万事万物都是相通的，人们认知时可以察一见百、举一反三，由此出发，得出更加精确的认识。古人的"天人合一""修身齐家治国平天下"等理论，实际上都运用了这一规律。因此，万物一体规律的意义在于指导我们分析、预测事物或事理的状态及其发展道路。当人们认为构成原子核的基本粒子是最小的、不可再分时，毛泽东依据物质是无限可分的观点，从哲学角度推断是可分的，后来科学家研究证明果然如此；一些经济学家提出以工业化理念解决农业问题，收到了意想不到的效果；一些城市行政管理者受到商贸业的启迪，提出经营城市的策略；一些科学家根据仿生学发明了飞机、潜艇等现代化武器；更多的人是干一行、成一行，行行表现不俗。诸如此类，其实都是由于自觉或不自觉地运用了这一规律、善于触类旁通的缘故。

二是返璞归真规律。这一规律认为，世界上万事万物都具有大体相同的发展结局，这就是"脱胎换骨、返璞归真"。植物的种子经过萌芽、成长、开花，结果之后又成为了新的种子。动物的生与死、物质的生成与衰变、事理的开端与终结，它们的终端与起点也都颇为相似。这一规律告诉我们，事物发展的终极，从表面上看都是一种回归，即"从哪里来到哪里去""从起点到终点"。然而，透过现象看本质，却是"貌合神离"。"璞"与"真"貌似"始"，但绝不是简单的"始"。一切的生长，经过量的长期积累，终至死亡。死亡既是终结，也是新生，至此，上一个"生"已质变为"新生"。比如生命体初始为无机物，有了生命之后为有机物，最终又化作无机物。这最终的无机物形态相对初始的无机物形态，中间就有一个生命的质变过程。再比如，一些学者认为，人类社会的发展史，起点是原始共产主义社会，发展终极则是科学共产主义社会。不存在对立的阶级，没有剥削，人人平等，这些特征二者是相同的，本质上却差异明显，即前者"共同贫穷"，后者"共同富裕"。返璞归真规律的意义在于使我们把握事物的发展方向，明确工作的目标。也许，唯物史观预言未来的共产主义社会，对其特征的描绘就受到原始共产主义社会形态的点化。

"刹那间见终古，微尘中见大千。"关于上述两大规律，只要稍稍留心就会发现，它们的现实意义不小。人们投身任何一项新的工作，以往的经验常常能在一定程度上派上用场。透过不同界别、不同领域的相通之处，人们可以在从未涉猎某个领域的情况下，较快地掌握新知识，把握新能力，适应新工作。必须说明的是，规律强调的毕竟是普遍性，它不排斥特殊性，如果盲目照套，那就是不懂辩证法，就要陷于机械唯物主义的泥淖。

修身论着眼于人类社会，是人们立身处世、正确处理人与人之间关系的基本准则。依据对己、对人两个方面，相应地有两条准则。一是内省立己准则。这一准则考虑的是怎么完善自我。其首要在怎么看待人生，这一问题弄不清楚，其他都无从谈起。我主张"看开""看明""看淡"，而不是"看重""看穿""看破"。"看开""看明""看淡"才能泰然自若、不虚 此生；"看重"则贪生怕死、蝇营狗苟，"看穿""看破"则容易轻生、践踏生命。二是外和达人准则。这一准则思考的是怎么与人共处。其首在"和"，"和"是和谐协调，而不是附和盲从。变态的好斗、处心积虑地算计别人是可悲的，下场总是不那么光彩，并往往损人不利己。人们对此颇多感慨，因此有"欲加之罪何患无辞"的嘲讽，有"相逢一笑泯恩仇"的洒脱，有"成人之美"的襟怀，有"互不设防"的呼唤。心地坦荡一身轻，真诚人生乐融融。有关修身方面的论述，从古到今、从中到外，妙语如珠，可以择其精髓，提炼出来，使之成为一个完整的体系。限于您所理解的理由，我暂时不能将这些准则全面地表述清楚。并且，作为一家之言，任何时候我都不想强加于人。假定今后可以整理成册，我也将冠以"东木谬论"之名，仅供有意早日参透人生之道的朋友们参考。

尊敬的菲洛绍夫先生，我提出上述生命哲学，试图在提高生命质量上做一点探索，因而在世界观和方法论二者上，更倾向于方法论。

草率而成，言不尽意。专此即颂

时祺!

东木先生 敬上

2003年5月4日

后　记

一本书，是否一定要一个后记？

我有一个体会和说法，叫作"书壳子里有真义"。封面、封底、序言、后记，这些都可以称之为"书壳子"。小时候，母亲指斥我们读书不认真，每以"读书壳子"训斥。在长期的阅读体验中，我却有个感觉，读书要读"书壳子"。当然，我与母亲的说法不共一个层面，一个侧重"世界观"，一个着眼"方法论"。真正会看电影的人都知道，片头、片尾往往都精心雕琢，如果以为无关要旨，迟到早退，那是浪费。后记作为"书壳子"的一个要件，承载了书的一些功能，阐述了"书里书外"一些事。虽大抵不长，却每见真味。因此，一本要素齐全的集子，应该有一个简洁明快的后记，这就如同一篇文章需要一条有余韵的"豹尾"。

后记讲什么，常规体例，一述来龙去脉，二是聊表谢忱。

实际上，关于本书的前生今世，自序已做陈述。书中所附《致菲洛绍夫先生的一封信》，作为独立成篇的书信，尽管比本集子出炉时间早了许多，作者亦非先知先觉，但"吾道一以贯之"，这些年走下来，自己为人处世大体守住了"初心"，信中所述观点可以说是本书的"纲"。一纲举而万目张，书中"101谈"以及尚未收录的一些随感，都未偏离这个"纲"。借此说明，收信人菲洛绍

258

夫为英语"哲学"（philosophy）音译，是一个群体，而不是具体某个人。这封信系17年前父忧母难日梳理的关于做人做事的一些认知，从中亦可见本书的缘起。时隔已近二十年了，一直未曾忘记早年的计划。换言之，本书是长期思考的产物。这也算是"永恒的初心"吧。

非常温暖的是，成书过程中，江苏扬州杨荣华先生、北师大中文系原副主任杨润陆先生，两位早已过了古稀之年、"七十而从心所欲"的老前辈，通读书稿后予以热情嘉勉。杨荣华先生还慨然题写序言，先生自号"舞林外客"，学养深厚，阅历丰赡，洞悟人世，虽年届耄耋，犹酷爱读书，屡屡向我推荐佳构。此番不顾年迈，挥毫作序，并就本书的编排提出诸多真知灼见，令人不胜感动！两位前辈都与我是忘年交，也是笔友。学生时代以来，天赐良缘，得以结识大江南北诸多师友，汲取智慧，丰润人生，每每念及，深感此生大幸！

有道是"成如容易却艰辛"，一本书如同一个孩子，其问世凝结着方方面面的关爱，在此不一一列举，所有感谢都铭刻于心！

2021年1月